春夕

马小淘 著

西苑出版社

图书在版编目（CIP）数据

春夕 / 马小淘著 .-- 北京 : 西苑出版社 , 2018.8

ISBN 978-7-5151-0648-9

Ⅰ . ①春… Ⅱ . ①马… Ⅲ . ①中篇小说 – 中国 – 当代
Ⅳ . ① I247.5

中国版本图书馆 CIP 数据核字 (2018) 第 116548 号

春夕

CHUNXI

马小淘　著

出 品 人：赵　晖
责任编辑：汪　莉　曹亚楠
责任印制：陈爱华
责任校对：刘娟娟
书籍设计：广　岛（@ 广岛 Alvin）
出版发行：西苑出版社
通讯地址：北京市朝阳区和平街 11 区 37 号楼　邮政编码：100013
电　　话：010–88636419　传真：010–88636419
印　　刷：北京文昌阁彩色印刷有限责任公司
经　　销：全国新华书店
开　　本：710*500 毫米 1/32
字　　数：52 千字
印　　张：4.75
版　　次：2018 年 8 月第 1 版
印　　次：2018 年 8 月第 1 次印刷
书　　号：ISBN 978–7–5151–0648–9
定　　价：31.00 元

“春夕”这个名字让江小诺的生活陷入纠结之中。丈夫钟泽的这个“前任”成为江小诺探究生活真相的一个无法自控的动力。尽管小说以轻松自若、看破红尘的腔调收尾,《春夕》还是在退守实用主义的生活逻辑里保留了一点“天真”。

目录

一

江小诺洗过脸，发觉镜子里的面孔暗淡蜡黄。这一晚，什么都不想，睡个清静的好觉，明早不想再见这可恶的蜡黄。她涂上眼霜、爽肤水、精华素、晚霜、睫毛增长液，对着镜中人笑了笑，朝卧室走去。可这几步的路，她就已然开始胡思乱想了。我涂的是晚霜还是感伤？怎么每每洗完脸擦完面霜，就又开始琢磨心事了，怎么也劝不住自己。

懊恼地躺在床上，江小诺又开始了近两个月来每天的睡前必修思考题：那个人到底姓什么？是怎样一个人？她简直是个不按轨道奔跑的疯狂竞技者，你可以不给她冠军，却抓不住她。

白日里风风火火，生动愉悦得不由分说，想难过一下都逃不出那种忙碌。一到临睡时，电视关了，电脑关了，手机关了，灯也关了，活泼的内心陡然安静，开出伤感的花。恋爱是危险的，爱上一个人总是试图占据他的所有，现在、未来自不必说，连不曾遭遇的过去都成了掠夺的阵地。那时我没有出现。那时是怎样的？没有爱我的时候你爱着谁？江小诺无法自拔地挣扎在这种反复的无趣的思考里。一贯沾枕头就睡着的她，竟然养成了睡前烦心一到两小时的恶习，快两个月了。她每晚都是把自己累睡着的，因为实在想不明白，重复的脑力劳动折磨得她头昏脑涨怏怏睡去。如果睡眠可以被称作短暂的死亡，江小诺每晚都是死不瞑目的。

午夜的窗外以黑为主，月亮被屏蔽在高楼后边，路灯和没睡的人家像闪亮的梦。一辆白色轿车倏地开过，像莫名的念头一闪而过。江小诺气急败坏，空洞地看着窗外。只有一截线头，后边全无头绪，怎么想也不过是愚蠢的循环论证。江小诺决心摆脱孤军奋战的困境，寻求外援。她像个终于说服自己放下高傲的学生，怯怯地询问同学那道死活弄不明白的题目。她打算问问徐子清，也许他可以帮她解开全部的迷惑。

徐子清是江小诺的初恋情人，两人十七岁读高中时有过一段被定义为早恋的朦胧情感，偷偷开始又草草结束，基本上谁也没有受伤。他俩都爱赶时髦，一看老师、家长都视早恋如洪水猛兽，反倒来了顶风作案的兴致，于是夸大了淡淡的好感，眼疾手快鱼找鱼、虾找虾地接上了头，极具表演性质的敢爱敢恨了一阵子。新鲜过后，又觉得不过如此，商量商量好聚好散地退回了朋友的位置。光阴似箭十年过去，两人倒成了两肋未必一肋插刀没问题的密友。到底曾经顶着男女朋友的名号出双入对过，默契还是有一点的，爱情没可能，友情大大的。徐子清结婚时还故作沉痛地向江小诺道歉，说今生有缘无分，叫江小诺别等他了，免得苦了自己。江小诺也配合地血泪控诉，说徐子清耽误了她一生，耗尽了她全部的爱情。十年如一日的打情骂俏充斥着他们的交往，越是调情就越清白，再桃色的话从他俩嘴里说出也带着恶搞气息，反而没了一点暧昧。俩人成了兄弟、姐妹，超越了性别，亲情，比爱情更宽容，更不计较。徐子清总是大大方方地把江小诺介绍给他历任女友和后来的老婆，每次都痛心疾首地说：江小诺，我当年一失足成千古恨的初恋。江小诺也把后来交往的两个男朋友带给徐子清过目，还总指着他说：就是他，亵渎了我神圣的初恋，给我往死里打！好像谁也看不上谁，其实还真不是一般瓷实。

徐子清马不停蹄谈了四五次恋爱，终于急三火四地娶妻生子，只争朝夕地进入了稳定阶段。江小诺却不紧不慢，眼看奔三了，还编着俩小辫伪装纯情少女。十八到二十七岁，她只谈了两次恋爱，一次四年，另一次也是四年，前一次被甩，后一次甩人，做了两次无用功，沉寂两年，脸上总是带着一种不慌不忙的洁身自好。徐子清美滋滋过起了小日子，但还算致富不忘众乡亲，态度严肃地给江小诺介绍了个对象。对方是徐子清老婆的大学同学钟泽，硕士毕业留校当老师，热衷学术钻研，为人诚恳踏实，前途一片光明。还真是马到成功，江小诺和钟泽相见恨晚一拍即合，初次见面后就再不用介绍人操心，积极主动地开展不间断的约会活动。据江小诺说，乍一看觉得长得有点木，但一听声音就被电昏了，整个一传说中已经绝迹的金嗓子啊！江小诺是录音师，听过的好声音多了去了，被一个非专业的嗓子迷倒还真有点匪夷所思。但也可以这么理解，一个对声音极敏感的优秀录音师，终于与幻境中最动人的声音狭路相逢，那场面自然电光石火。那是一种芳香指数升到最高，仿佛即将发霉，温润饱满无与伦比的声音。成熟，却无烟火气息。江小诺本来坚信，介绍对象是非常低俗愚蠢的欺侮消遣单身青年的行为，并以尚未走出失恋阴影为由推诿多次，却在见到钟泽或者更准确地说是听到钟泽声音的瞬间后悔了，后悔自己耍大牌装清高，拖延了跟金嗓子的碰面。两人你情我愿互动良好，一年光景已互见家长，每周末江小诺去钟泽家过夜，渐入甜蜜稳定的佳境。虽说谁也没提过结婚的事，但依着这样稳健的发展状况，拜堂几乎毫无悬念指日可待。该琢磨的简直是俩人结完会不会离，压根不用怀疑结不结。江小诺依旧编着两根小细辫，脸上却添了几分少妇的风情。障碍是出在最近两个月的，江小诺不动声色却异常糟心，她对着钟泽依旧笑得龇牙咧嘴，晚上却经常眼瞪天棚独思忖。

二

“今天午休和我一起吃饭啊！”江小诺起床就拨通了徐子清的电话。

“我中午……”

“少废话。我要死了！”

“哪天出殡？我去就是了。”

“你再废话，我先掐死你再说。中午见。”江小诺不等徐子清回答就挂了电话。她急于求助，却一点求人的态度也没有。

“亲爱的，咱吃什么？”徐子清又把电话打回来了。

“泰国菜不行，自助不行，火锅不行……你随便吧。”江小诺琢磨着说。

“这也不行，那也不行，我随什么便啊！我随地大小便啊！痛快点，什么行？”徐子清也急了。

“我哪知道什么行！你一男的能不能有点主意，你定。我上午要录一重要的广告，不跟你废话了，你选个安静点的地方短信我。”说完，江小诺又挂了电话。她对别人都特有礼貌，一到徐子清这儿就自动变生猛了。

结果，俩人又毫无创意地在江小诺公司西边的家常菜碰面。没走几步路，吃什么也不重要，江小诺象征性抱怨了几句就点菜了。一品富贵肘，他俩吃饭的保留菜。江小诺爱吃肉皮，徐子清爱吃肉，俩人多年来分工明确合作愉快，总是三下五除二就消灭一只猪腿。这个菜，江小诺跟别人吃饭不好意思点，而徐子清媳妇蕊妮基本就是素食。

“我跟你真是没话说，没一句好听的。你瞧你电话里那态度，消防车也没你那么牛啊！”徐子清不拿好眼神看江小诺。

“没话就不说。看不惯啊？看不惯以后你不用理我了！”

“大姐，我没说看不惯。我爱看，爱看行了吧？”

“谁管你看不看。我跟你说，我有任务交给你完成。帮打听个人，女的，叫春夕。”江小诺虽是一贯的刺头语调，却还是透露出些许不好意思。

“春天的小溪啊！长什么样？小家碧玉吧？”

“夕阳的夕。你哪来那么多废话！我没见过，估计错不了。”

“上哪儿打听去？给个接头地点呀！我又不是中央情报局。”徐子清愤然道。

“我被你恶心晕了，忘说了。跟你媳妇蕊妮打听，尽量别暴露出是我要打听的。我怀疑是钟泽的前女友。”江小诺压低了声音，眯了眯眼睛。

“嘿，瞧你们女的关心的那点破事！想知道你自己审啊，你们俩在一起那么长时间，你连个前女友的案子都没查出来啊！”

“之前那个我知道，这个不知道是前几个，老皇历了。是我最近不小心发现的线索。你也知道我爱装潇洒，不好意思婆婆妈妈的，没拉下脸打听。”

“合着你还装心胸开阔，没露出小肚鸡肠的狐狸尾巴呢！”徐子清乐不可支。

“我还真不怕告诉你，本来没什么，但是架不住天天想，越想越严重，每天升级，我现在动不动就睡不着，甚至怀疑是他前世的恋人穿越轮回来认领他了。我这个危机感哪！”江小诺作一言难尽状。

“你也有今天啊！当年我和哪个女生一起在操场坐会儿，你连推带搡，大耳贴子也不是没上来过，现在怎么这么黛玉了，还半夜独憔悴！”

“你也不看看你跟那女的，那饼脸妹，脚上还有灰趾甲。你说她倒藏起来呀，还老趿拉一破凉鞋。显摆灰趾甲呀，一个传染俩呀！你当时名义上不是在我手下嘛，跟那么一女的发贱好像审美有问题似的，多丢我脸啊！我不管能行吗？我那是为你好，也是为我的面子。你脚踩两只船也得差不多啊，别一个五星油轮，一个小破木头板，也不怕把你腿劈折！”江小诺边吃肉皮边嚷嚷。

“就你还五星油轮啊？撑死算个小汽艇吧！再说你别老造谣行不行？我跟她根本就没怎么样，就你们这群无知妇孺瞎编派。”徐子清一脸无辜，急于洗刷十年前的不白之冤。不过这基本是枉然，都洗刷十年了还没洗净。

“你说那女的，除了质朴，压根没优点啊！脑袋还笨，你看上她哪点了？我至今很好奇。”

“少来！我连质朴也没看上。就是你们这些乱七八糟人传出来的。我挺帅一小伙，凭什么跟她呀！我太亏了我！”徐子清都快哭了。

“我怎么造谣了？咱们全班都知道，你爸妈也知道，铁证如山！”江小诺非常严肃。

“废话。大家都造谣，我爸妈能不知道吗！”

“你这是耍无赖，我那时候热爱学习，没空造谣，尤其是造你这种人的谣。”

“我冤死了，我一辈子洗不清了。”

“洗什么洗！跟那妞有过一段回忆，这事已经定性了。”

“我跟你那段比她长！”徐子清挤眉弄眼。

“我可真给她面子，还跟她争，我可没那闲心。”

“多少年过去了，还在意！不要为了我伤了女同学之间的感情嘛！”徐子清有点得意。

“我烦她。”

“我说，你烦得着人家吗？又不是一个班的，你压根不认识人家，没有调查没有发言权，不要为了男同学争风吃醋！”

“还用得着调查吗？长那样，跟少年闰土似的，还装娇羞，以为自己是洛丽塔呢！明显是道路跑偏啊！我就烦她，怎么着吧？”

“你烦，我严重同意！”

“你同意，你吃屁！”

“打我认识你，你就没文明过。”徐子清差点噎着，边喝水边抱怨。

“那也不耽误我是宇宙超级美少女。”

“还美少女，都快成老姜了！”

“也是，真是老了，竟然大中午的无聊到跟你算十几年的老账。”

“还算账，你当年不分青红皂白揍了我一顿，根本什么都不知道。过程复杂着呢！”

“啊？还有过程呢？快讲讲，我最爱听别人的陈年往事了！”江小诺基本完全忘了此行的目的，眉飞色舞地来了情绪。

“瞧你那张着嘴要偷窥的小人样！我告诉你，我还真就懒得回忆，没空满足你的小人心理。”

“你是岁数大了记忆力减退吧你！难道是你们酒后乱性，你不得不对她负责？”

“滚，我有那么没品吗！”

“还算说句明白话。老账算完，你被基本原谅！你买单！”江小诺很少跟徐子清客气。

“姐姐，你今儿说要死了，却原来找我就是为了算旧账。难不成你打算把之前的误会都解释清楚，跟我鸳梦重温重新开始？”徐子清估摸着江小诺又遗失了早晨重要的主题。

“我毁容了我，找你这么差的滥竽充数！还不是你打岔打的。就是那事，春夕——钟泽记忆里魂牵梦绕的神秘女。”

“你就拿出对付我这能耐，想法让他自己招了，掌握第一手资料，今后也好要挟他呀！”

“你当他是你呢，狗肚子里装不了二两油。不打自招不可能，打了伤感情，招的也未必是真的。就是兴师问罪，也得先掌握点情报。咱还是曲线救国吧。交给你了，办不好就提头来见！”江小诺做了个向下砍的手势。

“把兴许人家自己都忘了的过去挖出来，你觉得有意思吗？”

“非常有意思，十分有意思，太有意思了！”

“闲的你。”

“没用的少说。这件有意思的事交给你具体操办，去挖吧，挖得越多越好！”

“你真是条汉子！”徐子清撇了撇嘴，无奈。

三

本是想找徐子清诉苦，但最后都变成了油腔滑调的发泄。上一秒还是忧伤的羊，一见着徐子清立马变成咋呼的鸟，这都成习惯了，想改也难。不过这样也挺好，每次见完徐子清心情都多少有些改善。徐子清结婚后两人见面的次数减少了许多，多数都是两对情侣四人吃饭，单独见面少之又少。虽说他俩比小葱拌豆腐都清白，但江小诺还是懂得避嫌的。整天有这么一认识自己老公比自己早好多年，还大言不惭顶着初恋女朋友名号的女同学在眼前晃，搁谁也得琢磨琢磨呀。怕招惹不必要的麻烦，江小诺对徐子清老婆特热乎，生怕被当成假想敌天天遭咒怨。而且跟钟泽好上后，闲暇时光基本都用来约会了，也没精神和体力多搭理徐子清，倒是偶尔上街约上他老婆，两个女的喝喝咖啡逛逛商场议论议论男人。人家俩人日子过得风生水起，江小诺和钟泽也温暖缠绵，情节就像最温吞的肥皂剧，你好我好大家好，池鱼归故渊。江小诺忽然觉得不太好，是因为那个多此一举的惊喜。

前阵子，钟泽随学校的代表团去加拿大交流，一走半个月。不知是出于想念还是应景，钟泽频频打来越洋电话，关怀着江小诺的饮食起居。平时在一个城市窝着，也没这么一日不见如隔三秋，这一跨出国门，思念也水土不服地狂躁起来。那份隔山隔水的体贴通过话筒传来，江小诺简直幸福得想发疯。她迷恋他的声音，毫不犹豫地决定交往主要来自对金嗓子的神往。钟泽中等身材，勉强算是浓眉大眼，相貌上并无过人之处，虽透着几分饱读诗书的斯文，但谁若一时兴起，把他扔人堆里还真是给自己添麻烦——找起来费劲。可是一张嘴就不一样了，他的声带简直是一座宫殿，声束从里边走出带着极拔俗的高贵。据说有一次他喉咙疼，去医院看病，耳鼻喉科的大夫赞叹地说那是他见过最漂亮的声带，天生唱歌剧的料。唉，最打动人的地方长在身体内部，真是不折不扣的内秀。不过还真是有一货有一客，偏偏钟泽的声音被江小诺逮着了。江小诺认为那嗓子神了，落叶听完狂飞舞，河蚌听了乖乖吐珍珠，玉兔听完不捣蒜，熊猫听了想染黄毛，牛魔王听着撕了芭蕉扇，关云长听完丢了赤兔马，她江小诺听着听着就听上瘾了，恨不得幻听里都是那声音。

“小诺，是我。”就这四个字，江小诺一听一激灵，一年了还没免疫呢。

“还好吗？”

“不错，就是想你。”这嗓子配上这内容，诚心勾搭人啊！

“我也想你。想得我内分泌失调都要重新长个了！”江小诺个不高，潜意识里总惦记能再长点。

“那你可控制住，回头再比我高，我可不习惯仰视。我想你想得都想不起来你什么样了！”

“你能想象的最美的样子，不用说，那就是我。”

“我真不是开玩笑。我特想特想你，想闭上眼睛想象你的样子，结果虽然感觉很美好，但是一片模糊。”

“这个好解决。钱包里放张咱俩的合影不就得了。”

“俗。”

“你不俗，那你谈什么恋爱呀！”江小诺忽然下定决心，要占领钟泽的钱包，让他一掏钱就看见俩人在里边凝固的恩爱。并且她认为这将是一个惊喜，她要偷偷把照片塞进去。老大不小还保留着怀春少女的幼稚，也不知是不是吃了什么药延长了青春期。

还没等钟泽从加拿大回来，江小诺就选好了照片，经过层层筛选，俩人夏天在动物园的自拍合影脱颖而出入了她的法眼。怎么把照片巧妙地塞进钟泽钱包占据了整个头脑，代替了她对钟泽的想念。后几天，她心急火燎地盼他回来，压根就不是想念人，是铆足了劲儿要偷放照片。她搂着他脖子一顿敷衍，像老电影里女特务一样贼眉鼠眼，目标过于明确经验过于单薄。她催着钟泽赶紧去洗澡，用热水冲走灰尘和疲惫。听着卫生间哗啦啦水声稳定住，江小诺贼一样蹑手蹑脚地靠近了钟泽的钱包，好像要把准备多时的砒霜倒进他的酒杯，心跳加速，紧张忙乱。她掏出裤兜里的照片，想说时迟那时快地塞进钱包，却还是犯了容易被沿途风光吸引耽误到达终点的毛病。她被透明层里钟泽的身份证拽住了，新版彩色的身份证上他目光迟滞脸色灰暗，像中国版的阿甘，比阿甘还营养不良。真难看，证件照片里的人总是像犯了小案子的倒霉蛋。要是取消身份证就好了，一切靠声音识别，一张嘴就知道是谁，那时钟泽会显得多出类拔萃，那个嗓音最玄妙动人的男人，就是他。快打住，江小诺算是及时拉回了自己乱窜的思路，抓紧制造惊喜。她把合影往里塞，却不小心碰出了里边的东西，身份证和一张卡片掉出了钟泽的钱包。拾起散落的证和卡，江小诺敏感地怔住了。那隐藏在身份证后的小小纸卡片，是一张暗黄、有毛边的钢笔画。没有折痕没有污染，看得出卡片一直被小心谨慎地保存，但它还是旧了，从纸自身渗透出的旧暗示着时光带来的衰老——它被精心完好地保留并且年代久远。画面上长头发小鼻子的女孩微微侧着脸，右下角写着“春夕”二字。江小诺猜测并且马上确认，那两个字是女孩的名字。她冷静地将卡片和身份证塞进去，保持了钱包原有的姿态，迅速远离那钱包坐在沙发上，打开了电视。她把剪裁好的两人的合影攥在手心，下意识地用力捏。动物园里两张灿烂的笑脸重叠、碰撞被揉搓成一团垃圾。惊喜被扔掉了，圈地运动中途失败，羞耻感笼罩着江小诺。她想进驻钟泽空白的钱包，却发现那早就有人驻扎。她以为他不放照片是太木讷清高，却原来是另有缘由。

“加拿大真没什么好带的，自由活动的时间也不多。我估计这个你能喜欢。”钟泽洗澡出来就直奔行李箱，掏出大大小小瓶瓶罐罐，全是化妆品。

“MAC！你怎么想起买这个了？”江小诺组织起一脸笑容。

“那些女老师都买，说这个是加拿大产的，很划算。”

“聪明。”江小诺摆弄着眼线液、睫毛膏、卸妆油、隔离液、粉底，心想果然是个心细的人，做事让人挑不出毛病。

“领导满意吗？”

“下次继续努力。”

那晚，江小诺盯着睡着的钟泽看了又看，她想在他脸上找到点蛛丝马迹，破解有关春夕的密码。没有线索，她又偷拿出他的钱包，反复看着卡片上女孩的脸。钢笔画，看不出年龄，相貌也很难形容，几乎和任何一部日本漫画里的少女都很相似，但是笔触确实动人，仿佛有浓稠的爱堵塞在笔尖，至少江小诺嗅到了那种气息。这个叫春夕的女子，她是谁？姓什么？是他的初恋情人吗？潜伏在他生命里多久了？为什么事过境迁他还久久难以释怀？当初他们为什么要分开？是谁离开了谁？难道他这座佛，终究属于她的寺？她恨恨地觉得，自己中了埋伏，进了那个叫春夕的女子布下的包围圈。此后这一连串的问题夜夜来访，如影随形成了江小诺睁着眼的梦魇。

四

“搞定了没有？”江小诺嚷嚷。她一般都在上班时间给徐子清打电话，省得他老婆乱琢磨。

“什么搞定没有？”

“什么什么？你又没把我的事放在心上吧，这都一个礼拜了，连个屁都不放。”

“不就是那什么春夕嘛，为了这事，我差点没累死。”

“别说没用的，革命没成功你死了也不算烈士，到底打听出来没有？”江小诺是真着急。

“没。”

“你想交白卷啊？”

“求人办事就给我谦恭点，别好像我求你似的。中午请我吃饭，拿肘子换情报。”徐子清得意地笑。

“就你这点出息，拿肘子就能换的情报，也叫情报啊！”

“不想听就算了，我这人挺矜持的。”

“人家开玩笑呢，子清哥哥，告诉人家嘛！”

“打住，我早警告过你了，平胸最好别发嗲。中午我接你，发现个新地方，刨冰不错。”

“你早点啊，我今天没什么活儿。上午主要就是在网上斗地主。”

“够颓，等我吧。”

徐子清发现的地方竟然是江小诺去过的，一个月前那所谓的台湾料理开张，他们公司被请去策划，一起吃的开业饭。记忆犹新的是味道寡淡的海南鸡和肥厚油腻的黄瓜。

“就这儿啊？你夸他们饭好吃，他们没给你写感谢信啊？”江小诺一脸鄙夷。

“怎么个意思？本来就挺好吃的呀。你哪那么多不满意！”徐子清又无辜又愤怒。

“刚开张时我来蹭过次饭，纯属瞎糊弄。”

“那依您的意思，咱们改戏？”

“是的。你必须同意。”

徐子清一脸寒霜地开着车，旁边坐着趾高气扬的江小诺。

“真是一着走错满盘皆输，我当初怎么能看上你呢！看上就看上了，一锤子买卖，完了也就完了。我又为什么要装文明装豁达，跟你做了好朋友呢！你这一天非打即骂的，我欠你的呀！”徐子清说的还真是实话。

“收起那一套！别跟家庭妇女似的，让我更看不上你，对你没好处。”江小诺在徐子清这儿就从来没动过恻隐之心，任你说什么，她都死猪不怕开水烫。

俩人在徐子清中意的台湾餐厅附近转悠了一圈，最后无奈地进了家面馆。

“大老远就吃这个，这店我们家楼下就有。”

“那怎么了，谁让你挑那家海南鸡那么难吃的！”江小诺永远振振有词。

“咱可以不吃海南鸡，吃别的呀！”徐子清边说边看着画着各种面条的菜单。

“你动动脑子行不行！台湾饭馆海南鸡做得难吃，别的还用尝试吗？一女的没嘴，你还用讨论她是不是美女吗？除非是 hello kitty！”

“我上辈子可能把你杀了，不然不可能现在老得挨你收拾。我忍。”

“就你还把我杀了？你眯着吧你。搞不好我上辈子是你姥姥，你这叫尽孝道。”

“我，我真想踢死你！”

例行的相互贬损阶段过去，俩人开始闷头吃面，直到面被杀光只剩两碗汤，江小诺才开始要情报。

“说吧，我怕你先说了我吃不下去，再浪费了面。”江小诺异常严肃。

“挺住啊，小诺。那个春夕是个有钱人的遗孀，和你一样，喜欢钟泽的嗓子，就出钱把他包了……”

“滚。少扯。”江小诺翻着白眼。

“其实就是一女网友，俩人在网上聊得情投意合，终于忍不住一探究竟。见面了，女的长得飞沙走石的。钟泽受不了这落差，自己画了一个，安抚受伤的波动春心。”

“你能不能说人话，头半句我都差点信了。”江小诺隔着桌子打徐子清，拿她严肃的焦虑开涮，是很不人道的。

“哪里有压迫哪里就有反抗。你没事就侮辱打击我，不许我也刺激刺激你呀！”

“那我走了，以后老死不相往来。”江小诺站起来，装作要离开。

“别学这个，咱不学这个。跟一没文化小丫头似的，动不动愤然离席。没人惯着，还装得脾气挺大，丢人！你身上也没这些不入流的毛病啊，怎么还岁数越大越不着调了！”徐子清也没拦着，很来气地说。

“少废话。没情报别想白吃我饭。有情报就快呈上来。”江小诺真不耐烦了。

“情况很简单，您老多虑了。那个春夕是钟泽小时候的邻居。俩人家住一栋楼。小时候不怎么熟，后来初中分到一个班，俩人天天一起上学一起放学，也算青梅竹马两小无猜吧，就跟咱俩差不多……”

“麻烦您别把自己往里扯，继续。”

“我压根没想停啊，是你打岔，提一下我怎么了？我就那么不值一提啊！说到哪儿了？”

“一起上学放学，青梅竹马。”

“对，就是这么个关系。俩人谁也没表白，但估计互有好感吧，挺互相帮助的。后来高中时候女孩搬家了，也转了学。开始俩人还通通电话写写信，后来学习忙，家长也干涉，慢慢就淡了。等再想起来联系，女孩家电话已经打不通了。”徐子清说着，两手一摊，配合着两人失散的惨淡结局。

“这就完了？我怎么觉得像你编的呢，也太没创意了。”

“平淡的才是真的，那些有创意的才是编的呢。我没事编这些干什么，打听着我都嫌丢人。”

“这也算初恋吧，还挺美好的。”

“那是，你当都跟咱俩似的，初恋与爱情没关，还纠缠了这么多年，孽缘啊！”

“你说，他是不是一直惦记着那女的呀？万一哪天那女的也把他想起来了，再来个破镜重圆，那我上哪儿说理去呀！”江小诺有点担忧。

“不可能。你想啊，钟泽家电话又没换，她要是想联系，当时应该告诉钟泽啊。是她已经拿钟泽不当回事了，无所谓了，才断了联系的。再说都这么多年了，谁还放不下谁啊，你当是古代啊！”

“难说，万一她感情受挫，想起钟泽的好了，再想吃回头草呢？”

“哪那么多万一啊！没影的事，瞎琢磨这些，真是把你闲的！不信你现在再回头找我试试，我根本不会接招的。”

“少臭美！得不到的才是最好的。”江小诺喃喃地说。

“陈芝麻烂谷子的，谁没点初恋小秘密呀，珍藏的不过是那点情绪，跟人没什么关系。别庸人自扰。而且你绝对应该感谢这个人，蕊妮说钟泽大学时特安静，不近女色，这个春夕帮你困住了他。他一直沉浸在挫败里，避免了更多感情啊，正好保留着清白跟了你。现在对你热情似火的，证明他已经完全走出了那档子事。”

“她姓什么呀？”江小诺不理话茬。

“我媳妇说有点记不清了，好像姓迟。”

“迟春夕。”江小诺若有所思地念叨着。

“喂，妮子。”徐子清接起铃铃作响的手机，表情谄媚，“我跟客户吃饭呢……是啊……对……拜拜。”是他媳妇，他想表现平静，却还是带着支支吾吾的意思。

“你家蕊妮？”这属于明知故问。

“Yes.”

“跟客户吃饭呢？我是客户啊？”江小诺看出了徐子清的尴尬，却还想挤兑他。看来蕊妮到底是计较的，江小诺还是被算作了子清的前科。

“怎么不是客户啊！你不是雇我调查你男朋友的情史吗？我是私人侦探啊。”徐子清脑子还挺快。

“对了，你没让蕊妮知道是我打听的吧？”

“没有。我装作有一搭无一搭分几天问的，没提你。”

“辛苦你了，以你的智力，做到这样已经不容易了。”

五

迟春夕，这名字真好听啊。她应该梳着浓黑的齐肩发、穿着雪白的连衣裙吧。江小诺靠在床上想。她还是睡不着，索性坐起来，靠着枕头慢慢想。李普曼说“要像爱自己一样爱自己的邻居”。钟泽倒真是不遗余力地做到了，甚至在邻居搬走以后还坚持着。他竟然有这么一段青苹果般的初恋，真是让人肃然起敬，他那平凡的外貌看起来不像青春言情戏的男主角啊。江小诺简直有几分得意，她的男朋友从一条干净的大路走来，身后是曲折却动人的过去。然后，她又黯然了，自己与钟泽相识已经是庸俗实际的年龄，那些真挚洁净的时光他与别人一同度过。最初的心动，最乍暖还寒的爱恋，他都给了那个女孩，那个叫迟春夕的女邻居。越是没发生什么，越是让人遗憾。本来挺稀松的女人，一旦进了回忆的殿堂就会被镶金戴银，发出比圣母还圣洁的光。就连自己这个没见过她的人，都不敢把她想得难看，而实际上，初中高中的校园里哪有那么多漂亮姑娘啊！哪能谁的初恋都赶上仙女下凡啊！哪有那么多董永啊！要真把那迟春夕叫到跟前，或许比都不用比江小诺就赢了。可现在她在回忆里，永远年轻，永远热泪盈眶，永远走在上学放学的路上，是雨过天晴清新空气里那道永不褪色的彩虹。他把卡片藏在证件后面，以最隐匿忠诚的方式暗示着他的难以忘却。那迟春夕占了先来后到的便宜，纵然武功尽失，还霸占着武林盟主的位子。解铃还须系铃人，难道这系铃的迟春夕一失踪，伤痛往事之铃就得永远响叮当吗?

唉，思绪快马加鞭，江小诺竟然产生了莫名其妙的屈辱感，觉得自己抓在手里的宝贝，是迟春夕多年前的弃物。她与钟泽能够胜利会师，追本溯源与迟春夕少女时的决绝了断有关。然后她又替钟泽抱不平，想质问迟春夕有什么理由就那么消失，换了电话也不通知一声，好像钟泽和春夕一路欢声笑语走进婚礼的教堂她才能满意。

终于掌握了一些信息，好奇心非但没得到满足，反而因吃了点开胃菜更加饥饿起来。江小诺按捺不住探究的欲望，总想知道更多。迟春夕这个名字吞不下又吐不出，驻扎在她嗓子里，看到钟泽就呼之欲出。她像个敬业的娱乐记者，以揭密爱恨情仇为终极目标，知道得越多越好。

周末她去钟泽家过夜时，几次吞咽掉那个名字，险些把它扯出嗓子。俩人平时各住各的，偶尔吃饭看电影，周末则昼夜相聚，以闲散的居家生活提前感受着婚姻模式。每到周末，江小诺都会欣喜地扎进“你挑水来我浇园”的幸福生活。他做饭，她洗碗，又新鲜又适应地黏糊在一起。可这次，她心不在焉，表情迟钝又机警，一直思忖着要如何探探钟泽的口风。

“你小时候想找的女孩什么样？”江小诺觉得怎么说都差不多，类似的问法也一样愚蠢。

“没什么特别，就那样。所有电视剧动画片里女一号那样。学习好品德好，五讲四美三热爱，活泼大方高姿态。”钟泽摇头晃脑的。

“真无聊。就没个什么具体形象，比如同桌、女邻居什么的？”江小诺都觉得自己不会绕弯子，两句就说到邻居上了。

“你是电视剧看多了吧？我们院女孩都义正词严的，雄性荷尔蒙分泌过剩，倒胃口。你当都跟《阳光灿烂的日子》似的呢，有一米兰那样的尤物！”

“嘿，那你少年时代过得够苦的，跟一堆女政委一起茁壮成长啊！”江小诺诱供失败。

“你以为呢。哪像你和徐子清那么幸运！小小年纪就爱得惊天动地的，分手后还舍不得反目。”钟泽的嗓子配上这种话，效果很怪异。王子不该酸溜溜啊。

“初恋这么温软的话题，把徐子清那种猪头扯进来干吗！”江小诺偷鸡不成反蚀把米，她知道她和子清其实没什么过去，钟泽装作麻木，内心还是有些在意。

几分钟的沉默，两人都盯着电视，好像本就是随机的谈话，谁也没经心。江小诺可以确定钟泽在想徐子清，就如同她在想迟春夕。至少徐子清是活灵活现的，他长什么样，住在哪儿，他的手机号，都非常具体。甚至他老婆，他两岁的儿子，他父母，他最亲密的人都是暴露的，全在江小诺和钟泽的视线里。如果钟泽容不下徐子清，心理变态地想加害于他，他可以打电话把他约出来，杀掉他，可以绑架他老婆他儿子他父母，可以到他单位去大吵大闹。总之，如果钟泽拉得下脸，可以使用一切低级的卑劣的丢人现眼的手段去糟蹋徐子清的生活。但是江小诺不行，她每天猜测着春夕的样子，不能确定她是不是真的姓迟，任她在头脑里模糊却锋利地闪烁，却无法把她揪出来对峙。她知道那不过是寻常的初恋故事，却想不清楚钟泽为何耿耿于怀——她还在他钱包里，她还没有彻底离去。说不定钟泽是个没病死的梁山伯，心灰意冷，用残生怀念着祝英台。她江小诺不过是以茶代酒的替身，无足轻重，可以是她，也可以是别的什么人，迟春夕才是他情感里藕断丝连的永远的乡愁。

“初恋情人呢，初恋情人漂亮吗？”江小诺不甘被他的过去制服。

“做我的初恋情人吧。过去的一切我都不想回忆，不想承认了。除了你。”

钟泽用最漂亮的声音载着最漂亮的句子，结束了江小诺刨根问底的间谍话题。四目相对，嘴唇轻触，江小诺为自己败下阵来暗自叹息，也为那切断回忆的发愿悄悄满意。不知他是太真诚还是太老到，这漂亮的声音的肉身，相处一年多了，却还是一个谜。真有趣，她深情地搂着一个谜。

六

“你点吧。我一点就又点出荤的了。”江小诺把菜单推给蕊妮。

“我不爱点菜，你来你来。”蕊妮又推回来。

“你点吧，我补充。”江小诺就不明白，跟蕊妮干点什么怎么就从来没痛快过，总要几个回合拉锯她才满意。明明挺熟了吧，她还总那么客气，明明一直挺客气，她还总装推心置腹，说些其实很官方的话题。和这类人交往，总觉得一回不生，二回不熟。

“那我当仁不让，点些素淡的了。”蕊妮纤细的手翻动着菜单，端坐桌旁。

“好，好，正好排排毒素，我这一肚子油腻也该清理清理了。”江小诺应和着。她们俩每次吃饭点菜时都这样推让，她为了配合蕊妮的素食，几乎次次都这样说。徐子清第一次和蕊妮吃饭时，对她印象并不好。他跟江小诺说那女人名字和人都矫揉造作，饭量鸟一样小，虽然不复杂但是很乏味。江小诺也不以为然，觉得徐子清那种无肉不欢的人，无论如何也不会发神经跟一个素食者喜结连理。饮食是一生极重要的问题，与口味不同者朝夕相伴，那无疑是自残的表现。却不承想，一个月后徐子清再谈起那女子，语气就颠倒了，温柔、体恤、透明、洁净，这些乍看褒义其实虚空的词频频被安排在蕊妮头上。未见蕊妮前，江小诺就知道她一定是个以水包火，用无知裹挟精明，花活少不了却没什么确凿优点的能人。初次见面，印象与判断完全吻合。蕊妮友好亲昵低姿态的微笑，徐子清蒙眬恍惚不聚焦的双眼，江小诺马上就知道自己要攒钱随份子了，徐子清中了迷魂散，疾在骨髓，只能以毒攻毒举行婚礼，多说无益。

蕊妮点的菜上来了，一个赛一个的绿油油，基本上是《本草纲目》的不完全展示。江小诺每次与她吃饭都忍不住同情徐子清，这就是他每天的生活啊，像兔子一样，吃草。

“这个不错，不吸油，维生素多。”蕊妮浅尝辄止地吃了半口菜，推荐给江小诺。

江小诺顺从地跟着夹，心里很抬杠地想，没有维生素她照样能维持生命。

“钟泽还好吧？再过三四年副教授没问题的。”前半句是问话，后半句又像是回答。

“他挺好。我们还不就那样，哪像你们俩年轻有为的，孩子都有了。”

“哎呀，我们多傻呀。现在想想也不知当初干吗那么急，还是你们这样好，还甜蜜，还自由。我们现在天天鸡毛蒜皮的，日复一日，没新意。”蕊妮一副过来人的明白样儿。

“都一样，早晚都是鸡毛蒜皮，一辈子风花雪月的那才叫恐怖呢！”江小诺心想，当初不是你哭着喊着没有安全感，通牒徐子清要么结婚要么分手的嘛！现在又说什么没新意，得了便宜还要卖乖。

“你跟子清说的一样。我倒想一辈子风花雪月呢，哪有人配合呀！你们俩还真是一个路子。”蕊妮从不避讳江小诺和徐子清的默契，至少表面如此。

“我们是肉食者鄙。”说完，江小诺就后悔了，虽是自嘲，却把人家老公划到自己阵营了。

“你们都是想开了的高人。我还是无聊的小女子。”

“钟泽也嫌我无聊，男的都那样，总觉得自己挺了不起，女人都无聊。”江小诺应付着。

“钟泽才不会呢，有名的柔情似水，恨不得给你摘星星摘月亮吧？”

“我要那玩意儿干嘛！又大又亮的，他要敢摘我可跟他翻脸！太没有集体观念了，把星星月亮摘了，全世界人民的夜晚不就更漆黑了！”

“我估摸他特喜欢听你说话吧！他喜欢快人快语的女孩。”蕊妮微笑着说。

“真有品位。我这是说话不经大脑。”

“他就好这口。大学时候那女朋友也是这样的，思维活跃，说话智慧。”

“啊？他还真从来没跟我说过大学时的女朋友。交代得不够啊，只浮皮潦草地坦白了上一个，之前的人家都隐藏着呢。你这可是爆料啊！”江小诺隐约记得徐子清说钟泽大学时一直沉浸在迟春夕带来的感伤里，没恋爱。

“哎呀，我嘴欠了。以为他已经向组织交心了呢。”蕊妮擦了擦本就挺干净的嘴。

“都起了头了，就干脆都抖搂出来得了。实话跟你说，我现在特好奇。你不说，我可逼供了啊！”江小诺说的是实话，她被那卡片搞得极好奇，恨不得连钟泽幼儿园女同学的名单都掌握了，凡是她所不知道的关于他的信息，她都极有兴趣。

“我们还是继续吃饭吧，不胡说了。”

“谨慎过头了啊，钟泽可是你们介绍的，连个情史也不透露，太不够意思了！”

“别我一说了，再给你添堵。”

“没事，我心比身还强健的。你说，他就是有个十八岁的女儿，我也受得了。”

“其实也没什么可说的，上大学时候的恋爱还不都是那样。那女孩不是我们系的，外语系的，也不知道他们是怎么认识的，好了两三年，分手后钟泽消沉了好一阵子呢！女孩也跟你一样，脑子快，说话赶马车似的，心直口快。对了，也爱编两个小辫，特可爱。”蕊妮罩着橙红色唇彩的嘴唇快速开合，让江小诺无厘头地想起唇亡齿寒这个词语。

“那干吗分手？”

“大四实习时，女的在实习单位变节了，跟一个台湾人好上了。”

“她把钟泽甩了？”

“可以这么说吧。据说那台湾人特有钱，钟泽一直觉得是那女孩年轻，经不起诱惑。分手时还苦苦挽留来着，要死要活了一段时间。”

“敢情也是个被侮辱被损害的。”江小诺嘴上依旧调侃，心情却已经有些不好受了。

“当初是徐子清撺掇着要把钟泽介绍给你的，我一开始还真没打这谱。你们俩好上了，我一琢磨，还真不是一般的合适！你呀，跟他原来那女朋友就是一类型的。”蕊妮又叼了两口菜，表情快乐地说。

“那女的长什么样啊？”江小诺芒刺在背，却还是忍不住问。

“个子不高，古灵精怪的，跟你一样，小鼻子小嘴。”

“整半天我就是一盗版。”

“也不能这么说，那到底是过去的事了。我看钟泽对你是真心的。”

“我可真是绝望到家了。他是真心的，还得你看。对了，那女孩叫什么名？有印象吗？”江小诺不屈不挠，想证明这个新曝光出来的女朋友跟春夕是否有关。

“哎呀，时间那么久了，还真有点想不起来。好像叫什么夕，我记得钟泽总叫她小夕。”蕊妮轻轻挠了两下头，好像为了表示自己在用力回忆，必须要用姿态配合一下。

“姓呢？”江小诺被蕊妮丢出来的“小夕”击中了软肋，连声音都变得软起来。

“也想不大起来了。是姓柳还是姓傅来着？反正是个挺文雅的姓。”

柳春夕，傅春夕，江小诺在心里念叨着。都好听，无论姓柳还是姓傅，这名字这姓是够文雅的。

午饭后两人逛街时，江小诺有点闷闷不乐。柳春夕，傅春夕，飞鸟一样盘旋在她头脑里。刚刚从徐子清那儿得知一个迟春夕，这下又来了柳春夕，傅春夕。哪一个是真的？蕊妮和徐子清的说法怎么有这么大的出入。徐子清撒谎了？他打探不出来又怕她烦心，就胡乱编了一个来凑数？应该不会吧。可如果徐子清说的是真的，那今天蕊妮又为何扔出一颗炸弹？难道是她察觉了徐子清问话的真正目的，故意告诉徐子清一个假象，又亲自跑来恶心她？又或者蕊妮告诉完徐子清才觉得事实太云淡风轻，不足以伤害她，今天专程来刺激她？

江小诺想不清楚，却越想越觉得蕊妮是黄鼠狼给鸡拜年，没安好心。平素她一派淑女的温婉，连谈及明星的花边新闻都口下留情，今天怎么就津津乐道起钟泽的大学恋情了！大概是动机不纯，显然是蓄意的，约自己出来，又故作欲言又止状，想必是她洞悉了自己的春夕情结特意来添堵的。就算说的都是事实，也不该这么和盘托出啊！哪个女人都不愿做 B 角，说女人与男朋友的前女友像，简直是最刻毒的骂人话。好像 A 角不在了，就找个最相似的 B 角，演得再出色，也不过是踏着前人的足迹前进。好像江小诺当上钟泽的女朋友是山中无老虎猴子称大王。蕊妮真是微言大义，三言两语就把江小诺归类到替补队员的阵营里了，一样的伶牙俐齿，一样的两条小辫，一样的小鼻小嘴，用心之险恶，真是不用多想。当初对她的判断一点没错，心狠手辣杀人于无形，诡计多端不是省油的灯。装得掏心掏肺的，其实却是来下脚绊的。表面要义结金兰的，背后备不住做个小布人儿写上生辰八字天天往上扎针呢！江小诺也来了猛劲，心想还吃素的呢，下手这么狠。敌进我也不能退，想引火烧我身，姐姐我跟你同归于尽！想让我牙打掉往肚子里咽，我含一会儿，喷你一脸！想看我受伤吐血，没门儿！跟我摆一副治病救人的关切面孔，姐姐还偏偏健康着呢，没病！想算计我，做梦！

一把哀伤变成仇恨，人就精神多了。江小诺一口唾沫咽下脸上的阴霾，双颊浮上明媚的光。她要继续活跃欢快，让蕊妮觉得自己压根没接招。她讲了些和钟泽在一起时的趣事，其中大部分脱离了事实。人在憎恨中想象力就异常丰富，为了打压蕊妮的气焰，她自然地捏造出很多有趣的瞬间，一脸陶醉地讲给蕊妮。蕊妮给徐子清挑选内裤的时候，她还装作不经意地说，徐子清喜欢浅色的。她偷偷看到蕊妮抿了抿嘴唇，样子有几分像吃了黄连的哑巴。我也想与你和平共处的，谁让你偏偏跑来招惹我！你以为你杀我个猝不及防，哪知我有金钟罩，你运功，也麻烦你自己接招！

七

当晚，江小诺给蕊妮的事情定了性。她分析一定是徐子清打听得太拙劣，被蕊妮猜了个八九不离十，于是敷衍了个破故事让他来交差，自己却琢磨着弄个揪心版来折磨她。但她那个版本也未必就不是真的，或许她添油加醋夸大其词，把一株草夸大成一棵树，可那到底是一株怎样的草呢？含羞草、薰衣草、罗勒，还是别的什么？江小诺不想放过一点事实，却又不敢轻举妄动。非要较真儿地逆流而上，打听钟泽的少年恋情，连她自己都觉得荒唐。但是一想到水千条山万座，他们曾走过，她就觉得委屈，觉得没能跟钟泽出生在一个医院，打光屁股就认识是人生最大的遗憾。她自己也清楚这并不能说明她多爱他，只是最近一段时间乐于钻这种牛角尖，虽明白是自讨苦吃，徒增烦恼，却还隐约有点快感。她被春夕的空穴来风吹得晕头转向又乐此不疲。

想着想着，难免善良地推己及人，蕊妮今天对她的迫害，大概也是出于相同的心理，一想到别的女人游走在自己男人鲜嫩的过去，真是怎么劝自己都咽不下这口气。蕊妮心里对她和徐子清的无辜一清二楚，可还是会没头没脑地想使使坏，示示威。下午，江小诺还觉得两人无冤无仇，她这歹心未免起得无缘无故了吧，晚上就一下子反应过来了，她在蕊妮心里也是一个“春夕”啊！这样想来她又后悔了，下午不该亢奋地表演故意气她，弄不好本来小小的疙瘩加粗成一个心结，淤血变血栓了。蕊妮确实假惺惺，不真诚，但至少还是通情达理的聪明人。跟徐子清结婚后，她主动对江小诺示好，奋力表现出大家闺秀的既往不咎。不管这是策略还是老练，人家至少还是敬着你的。要是直接撒泼发狠，也不是没理由啊。这一下突然发力，大概是积压得太久了。爱情总是排他的，疑神疑鬼也难免，为了捍卫自己，有嫌疑的都干掉，宁枉勿纵。反复想了几轮，竟然惺惺相惜地理解起蕊妮来，还不都是怕男人厌倦了安稳，心血来潮想重拾飘零的旧爱。女人之间，愤恨、理解，往往都是没道理的一瞬间。

后悔自己没故意输一场，让她放松警惕，反倒睚眦必报激化了矛盾。旧情人老婆的小恶意，该忍还是要忍的。下次得好好对人家，请她吃饭，点二百个素菜，表示志同道合、双手赞成健康生活。

“小诺，江小诺！”徐子清声音沉郁。

“有事吗？”江小诺觉得应该对他冷淡点，以表示对蕊妮的体恤。

“我心里很烦。”

“心烦拜佛去，找我没用。”

“你愁眉苦脸的时候，我是怎么对你的！人和人的差异怎么就那么大呢！”徐子清来气了。

“那你想怎么的？我怎样才能安慰你受伤的心？”江小诺依然心不在焉。

“我跟妮子吵架了，我真想不明白，她想怎么样！”

“我马上要录音，今天公司赶一批鬼故事。我为了中午招待你吃饭，只能现在投入工作了！”

“够仁义，那午休见。”

大早上九点，刚到上班时间，徐子清丧气的声音从听筒传来时，江小诺就知道自己捅了马蜂窝。估计昨晚是被连夜审讯了，搞不好还用了刑。不明就里的徐子清成了牺牲品，在两个女人的较劲中充当了最宝贵的受害者。

“你说她是不是疯了？”碰面时，徐子清耷拉着两个黑眼圈拧着眉毛说。

“谁？”

“还能有谁？我老婆。”

“那得问精神病院。我虽然比较博学，但暂时还不怎么懂医科。”江小诺挺内疚，但还是脸不变色心不跳。

“你能不能说句人话？”

“你被老婆灭了，我就必须得安慰你呀！回头你觉得她不好，我好，这不破坏你们家安定团结吗？”

“你还少破坏我们家安定团结了？妮子说咱俩把别人都当傻子，明明谢了幕，但就是不淡出，随时准备拍续集！”徐子清估计是被折磨坏了，憋得不说难受。

“怎么都是演戏的事？听不懂。”江小诺不想摊开了谈，觉得很尴尬。

“少装。那是比喻，影射着说。”

“真有文化。”

“你说就咱俩，不到二十就互相看清了，纯得跟自来水似的，她怀疑什么呀，这不没事找事吗？”

“你也别抱怨。女的都一样，眼睛里揉不得沙子，实在没沙子，也得找个什么抨击抨击。”江小诺知道自己错了。

“刚结婚时也不这样啊。动不动还跟我夸你，说你大大咧咧呀，见过世面呀，单纯可爱呀。怎么还越过越起疑心了呢？上次给你带包，她就不高兴，吊着个脸。你说去之前她也知道要给你带，你也给钱了。举手之劳的事，她有什么可不高兴的？”

江小诺想起上次徐子清公干去法国，问江小诺有什么想要的。江小诺琢磨着 LV 会比国内便宜两成，而且新款还不用预订，就让他带了个包。谁知 LV 不是一般牛，持一张护照只能买两个，而光蕊妮就让徐子清买两个。徐子清眼看着任务无法完成，就具体问题具体分析，以为急中生智地想了折中的办法——蕊妮一个，江小诺一个。江小诺自然是露出满意的笑容了，愿望实现，还省了将近两千块钱。蕊妮就不同了，要两个给一个，双胞胎变成独生子，竟然被江小诺占去一个指标。难道连买东西这样的小事都要跟江小诺机会均等？老婆和朋友眉毛胡子一把抓，太分不清里外拐了！

“虽然那事是我占了便宜，但我还是得说实话，那事你做得欠妥当。你看，人家是你媳妇，你要先满足她的愿望。应该两个都买给她，让她感受到自己的无比优越性，回来跟我解释一下就行。虽然我会有些失落吧，但是也可以理解。要我是蕊妮，我也会来气的。”江小诺觉得蕊妮的气生得有道理。

“有什么可来气的？咱俩是同学，那么多年老交情，跟亲人一样的。对，是老婆比朋友更亲，但是就算是客气，就算是为了面子，朋友托我办件小事，我也得给办好吧。你让我带个包，我回来告诉你，只能买俩，都给我老婆了，我好意思吗我！”徐子清晃荡着脑袋说，一脸苦相。

“有道理。我真有可能会不高兴！但是你要想清楚，我生气不能把你怎么样。蕊妮生气了，你可有好日子过了！这事怎么说都有道理，但是女的都会记得这些，积累在心里，时间长了就得爆发一次。你要理解。”

“凭什么呀？我理解她，谁理解我呀！我怎么摊上你们俩，一个个外边装得温文尔雅的，其实疯狂暴躁！你说她怎么想的，我怎么可能跟你有奸情！我有病啊，我家里养一老虎，我还出来找一狮子。这狮子我还早就认识，一点新鲜感都没有。她怀疑咱俩，她还不如怀疑地球转不转呢！”

“就是，我一个宇宙超级美少女，我哪看得上你呀！回去告诉你们家蕊妮，别自己家东西当宝似的，搭俩金条，我都得琢磨琢磨要不要！”江小诺忍不住抢白。

“别逗了，你还宇宙超级美少女？你宇宙超级自恋女吧你！”

“这话回家说去，你们家那位，估计爱听你糟践我。”

“倒也没那么夸张。她其实挺喜欢你的，主要是这阵子看我气不顺。”徐子清又开始装客观装男人了。

“反正你还是细心点，说什么你都顺着呗。人家一心一意跟你过日子，还是你孩儿他娘，就算有点小脾气也是应该的。该哄就哄呗。”

“我告诉你，我结婚以后就认识一个字，心字头上一把刀——忍。我整个一忍者神龟。女的絮叨，战斗力强，这点在你这儿我就领教过。我一般都不吱声。她就是挖我们家祖坟，我都不拦着，还给递铲子！”徐子清陶醉在对自己忍耐功夫的描述上，声情并茂。

“我是多想相信你啊！就你这天生争强好胜的，不可能。”

“我已经不是原来的我了，我早被她洗脑了，进门立马披上羊皮。婚姻对我来说没别的，就是四个字——逆来顺受！”

“那怎么还能吵架呀？你全忍了，打你左脸，你把右脸转过去让她打，不就得了。”

“她太胡搅蛮缠。你知道昨天……咳，不说了。”徐子清忽然收了话头。

“昨天怎么的？不仅挖祖坟，还盗墓了？”江小诺知道昨晚的事一定与自己有关，想忏悔却还忍不住好奇，打岔着问。

“昨天她也不知吃错了什么药，非问咱俩以前小时候上没上过床。你说这不有病吗？”犹豫了一下，他还是说了。

“想象力真丰富。”江小诺想不到蕊妮竟然会有这样的疑问，越发后悔自己玩笑开大了，搞得那么沉着的蕊妮一回家就迫不及待出这口恶气。

“你说咱俩好那时候，别说咱俩，咱们全高中也没谁跟谁上床啊。就是那最不要脸的女的，就二班那个大长脸，她不也就是跟一男的在操场接吻嘛！咱那时候觉得多伤风败俗！咱俩就挺高调了，放学手拉手回家，接吻都偷偷摸摸的。”

“那你倒解释啊，你跟蕊妮说清楚了，告诉她咱们在多纯洁保守的时代，名义上轰轰烈烈，实际上清清白白。”

“我说了，人家扫了我一眼，说，敢情是时代不允许啊，那后来没发展发展，把课补上啊？你说，这多家庭妇女，尖酸刻薄又小家子气。这哪像她嘴里说出来的话，整个像更年期妇女。”

“反正你还是得说清楚，别让她误会了，你一已婚老男人，我还是纯情少女呢，我的名声一定要洁白。”

“你说，这么不讲道理的人，我跟她解释什么。我早知道婚姻生活就是隔三岔五的老实交代、疲劳审讯，我宁愿孤独终老！这不无事生非吗？我之前也跟别的女的好过，你说她昨天怎么就揪住你不放了呢？”

“你还替我打抱上不平了。你脑子转不过来弯啊？你媳妇昨天还怀疑咱俩，你今天就找我吃饭，你可真是顺着媳妇的意思走。”

“那你让我怎么办？这种事，我好意思跟谁说呀！再说清者自清，我不能因为别人说什么就不和你来往。这么多年了，你就是我亲妹妹。”

“哥哥，你真感人！”江小诺真有点感动，其实他们同岁，徐子清还比她小三个月。但是这么多年，他一直把自己当哥哥，处处维护照顾着她。

“你才发现啊！别人都不让着你，就我让着你。”

“这是粉丝应该做的，没什么大惊小怪的。对了，顺便问一下，当初是你要把钟泽介绍给我的？”

“我跟人家又不熟，我忍心那么坑他吗！是妮子说的，他俩本来也好些年没见了，这不钟泽来参加我们婚礼，妮子觉得各方面都挺好，就想划拉给你。”

“肥水不流外人田啊。她倒真是到哪儿也放不下我，深情厚谊！”江小诺打算以后不拿耳朵听蕊妮说话了，反正也没真的，拿鼻孔听就够了。

“你别阴阳怪气了，钟泽好歹你还是满意的。”

“喝点吧。与尔同销万古愁！”江小诺端起酒杯，打心眼里心疼徐子清，为自己昨天的尖酸刻薄感到十二分的后悔。

“销！”徐子清与她碰了碰杯子，还是一脸丧气。

八

江小诺连哄带劝，让徐子清相信天下乌鸦一般黑，跟哪个女的结婚都免不了被小心眼折磨。怀疑他、侮辱他说明惦记、他重视他，别饱汉不知道饿汉饥，有多少男的眼巴巴地渴望着有个女人天天盯着自己，拿自己当回事呢。徐子清平复下来，露出惨兮兮的认命的表情，对婚姻是不绝望了，对人生也不抱什么希望了。

下午赶工录音，江小诺一直撅着嘴，她悔得肠子都青了，怪自己昨天不该争一日短长，跟蕊妮那么咄咄逼人。她是出了口恶气，徐子清却差点被整死，真是光顾自己冲锋，忘了在人家手里还有人质呢。直到下班时，她都没搞清楚自己录的到底是什么，好在是技术活，凭着习惯干一般也出不了什么大问题。

“你知道吗，昨天蕊妮和徐子清吵架了！”晚饭时钟泽貌似随意地说。

“是吗？你是狗仔队的呀！”江小诺心里惊诧钟泽的消息怎么这么灵通，嘴上一副事不关己的口气。

“徐子清到底是个怎样的人？”钟泽忽然有点严肃地问。

“好人！非常好的人。”江小诺也非常严肃地答。

“那他为什么老欺负蕊妮？”

“谁欺负谁呀？你怎么知道他欺负了蕊妮？你看见了？”江小诺忽然很不高兴。

“他们家里的事我怎么能看见？蕊妮说的呗。”

“你见她了？”

“没。她下午给我打了个电话诉苦。”

“嫁给徐子清，她就偷着乐去吧，诉什么苦啊！赶忧郁的时髦呢吧。”江小诺忍不住讥诮。

“蕊妮各方面都不错，怎么让你一说，好像嫁给徐子清是捡了大便宜、攀了高枝似的呢？”

“本来就是。她不错，哪方面不错啊？姿色平平，家道中落，没特长，没前途，又不是多可爱！”

“哎哟，看不出来，你还怪势利的呢。一说条件也离不开长相、背景、前途。”钟泽也不太高兴，好听的声音带着不友好的气息。

“不说这个我说什么呀？我说气质，她有吗？风度，在哪呢？再说，现在给人定性还不都得说这些俗的吗？不说这些说一堆虚无的，不跟没说一样啊！”

“那你喜欢我什么？我长相一般，出身一般，前途渺茫！”钟泽似乎被激怒了。

“你把这些往自己身上扯什么？我就喜欢你，什么都喜欢，怎么着吧！”

“嘴倒甜。那徐子清各方面都好，你怎么不喜欢他啊？”

“喜欢啊，怎么不喜欢？过去式了，喜欢完了也就完了。一把一利索。”

“你还真是一新时代年轻人，想得开，心里没阴影。”

“那是啊，难道你一辈子就一次，剪不断理还乱，打算拿一生来纪念初恋啊？”江小诺兴奋起来，觉得自己能把这么不愉快的话题转移到初恋上，或许可以无心插柳地套出与春夕有关的针头线脑。

“对呀，我就咬住青山不放松。”

“还真是一痴心绝对的人物，谁呀，你初恋什么样？”江小诺一阵狂喜，以为苦苦寻觅的答案就要揭晓了。

“你呀！我不告诉你了吗，你就是我的初恋，我为你擦去了所有记忆。”

“你真是情圣。我服了。”江小诺圆睁的双眼黯淡下去。

“还是刚才的问题，你透露给我一点，你到底喜欢我什么呢？”钟泽看来还真惦记。

“声音。我第一次见你就想，当我离开这个世界，这个声音送我多好！”江小诺本来羞于说这些，但为了对钟泽邀请她做初恋情人投桃报李，就豁出去也肉麻一回，反正这也是实话。

“我是该高兴还是悲哀，竟然靠嗓子取胜，我还真是一招鲜！我得好好锻炼身体，走你后头，用你最喜欢的嗓子送你！”

“够仁义！对了，他们俩为什么打架啊？”

“具体没说。蕊妮通知我有大学同学要结婚，顺便慨叹了一下，说结婚有什么好啊，她跟徐子清昨天还大吵了一次。”

“谁跟谁都得吵，你过几天给她打电话，他俩一和好，她就不是慨叹了，又变银铃般的笑声了。”

“这倒也是。两口子怎么也比朋友亲。我是怕蕊妮太老实，再被欺负了。”

“我看他俩感情好着呢。互相欺负欺负，促进感情。”江小诺心想，你可真是太不了解蕊妮了，就她那心眼，孙悟空一不小心都能让她吃了唐僧肉，她还被欺负，你可真是太小看她了。

俩人在缓和过来的气氛中结束了晚餐，牵手离去，按照惯例依依惜别了一下，就各回各家了。江小诺发觉，在徐子清和蕊妮的事情上，他们永远不可能站在相同的立场上。她觉得，徐子清简单蕊妮复杂；钟泽觉得蕊妮老实子清厉害。一涉及那两口子，她就不由分说跟徐子清一伙，钟泽毫无疑问和蕊妮一条战线，两人唯一的共同点是——感情代替政策。他们都无法客观，人都跟自己的过去太亲了。

钟泽又一次巧妙地避开了初恋的话题，好似深情款款的调情在江小诺看来更像是密不透风的堵截，他拦腰斩断了她千方百计递去的话题，保持着高度的敏感和警惕。江小诺又一次出师不利，她几乎已经确定，钟泽的内心确实有个私密的房间，隐居着那个阴魂不散的春夕，她姓迟姓柳姓傅或者其他什么动听不动听的姓氏，这都不重要，重要的是她与钟泽貌似结束的关系如拔丝苹果，筷子夹得再远也还连着隐约的细丝，往事的拨浪鼓一敲照样叮当响，还借着岁月悠长把声音放得越发脆亮。想想他们四个还真有意思，看起来事业蒸蒸日上，情感也好像心心相印的，但四个人都有自己转不过来的弯。蕊妮闲来无事，想起追究徐子清和江小诺不算故事的故事；徐子清想不明白，怎么原本心平气和的蕊妮变得蛮不讲理了；江小诺每天鬼鬼祟祟，恨不得挖地三尺还是理不清春夕的头绪；钟泽自然是小心翼翼，守护着初恋的不知是甜美还是伤痛的秘密。

九

江小诺又一次故作兴奋地捧着钟泽家的影集，时不时发出一些虚假的感叹以显示兴趣。其实，她的双眼已经不聚焦了，这些看了不下五遍的照片，像小学的校训，每周升旗仪式都背诵一遍，早熬光了兴致，成了最无聊的例行公事。钟泽妈妈记忆力不好，每次江小诺单独登门，短暂的问长问短后就是开抽屉找影集，还配着那句永远的“你还没看过钟泽小时候的照片呢吧，来，我给你翻出来瞧瞧”。第一次，江小诺简直是如获至宝，看着影集里钟泽幼小的稚气的调皮的并不出众的少年模样，心里有种异样的感觉。在他母亲的指挥下偷窥他多年前的瞬间，平素和自己牵手拥抱接吻的男人陡然变成不谙世事的少年。他拿着把塑料剑，摆出威武的姿态，两根麻秆般的细胳膊，真傻！他穿着印黑猫警长的背心，双手叉腰站在滑梯下，挺可爱。他系着红领巾，抿着嘴不笑，一副光荣又愚蠢的痴相。他妈妈坐在旁边，微笑地指指点点，抑制不住如数家珍地叙述着很多照片的情景。本来有些尴尬的气氛马上融洽起来，两个其实并不熟悉的女人被照片联系在一起，好像认识了很多年。但是再好的饭也架不住天天吃，每次必看的影集倒了江小诺的胃口。江小诺硬着头皮一次次接过影集，一是不愿扫了老人家的兴致，二是不看影集还真没什么话说，抱着个相册就省得琢磨手往哪儿放合适了。熟悉了这套流程，进门时候的亲切寒暄仿佛是片花，到了看影集阶段才算节目正式开始。

江小诺又“读你千遍也不厌倦”地盯着钟泽单纯贪玩的少年影像，心想我要是早知道未来就是跟照片里这个毫无特色的小子过家家，小时候何苦那么急三火四地盼着长大成人。窗户外传来几声鸟叫，江小诺真想变成鸟，也到树上撒欢地叫一叫。钟泽爸爸、妈妈都不是多事的人，对她亲切友善，可她还是不太自在，这种到男友家溜须拍马目的性极强的事，显然让双方都有心知肚明的精神紧张。据说，这是每个女人都要做的功课，于是每赶上钟泽出差，江小诺都礼貌地来坐坐。双腿并拢，衣着朴素，看看照片喝喝茶。每隔一两个月，江小诺就要淑女这么一回。虽然她其实很想说，有邻居家影集吗？能借来看看就好了！

江小诺看着钟泽和初中同学的合影忽然灵光一闪，不知道春夕是不是就隐藏在这照片里。春夕在她心里发酵了，动不动就泛起阵阵酸水。这样的执念一上来，她就挡不住要问问的冲动。

“阿姨，他们这些初中同学还有来往吗？”江小诺觉得自己问得不是一般不得体，不过倒也很像句并无深意的没话找话。

“不多，有一个两个关系不错的，也不过是一年两年想起来见一面。”

“这女孩挺好看的，她叫什么呀？”江小诺一派天真。

“那是他们班长，叫王娜还是王丽，挺平常的名字。很有能力的小姑娘，说话摇头晃脑的，估计现在应该当干部了吧。”

江小诺一听名字就放心了，她现在就是嫁给美国总统或者得了戛纳影后她也不关心。

“你说真是一晃啊，看这些照片，觉得你们都是小屁孩呢，转眼都要结婚了。”钟泽妈妈很擅长发这样的喟叹。

“当年还挺急的，想恋爱，偷偷摸摸的。现在到了这年龄了，倒觉得不过如此了。”

“电视里不总说吗，初恋时不懂爱情。在什么年龄干什么事，你们啊，都是被宠的，该干什么不想干什么。”

“还真是。估计现在要是立法不许结婚，我们就都来劲了，挤破头也得去领证！阿姨，钟泽早恋过吗？为这事挨过打吗？”江小诺一脸可爱地问。

“这孩子就这点还算省心。真没为这事被老师说过。”钟泽妈妈戒备心也挺强，儿子过去的秘密哪能轻易透露。

“真不好玩。原来是个毫无瑕疵的优秀少年，走着直线长大的。”江小诺铩羽而归。

“小时候他挺崇拜他们音乐老师，回家总是岳老师长岳老师短的，总念叨着那老师的好。”钟泽妈妈忽然抛出一个线头。

“哈，青涩懵懂的少年和琴声悠扬的老师，青春电影啊！”江小诺的激动发自肺腑。

在江小诺的引诱下，钟泽妈妈终于打开了话匣子，把钟泽小时候迷恋音乐老师的经历一点点拽了出来。江小诺仿佛看见纯洁沉默的少年钟泽，心事重重、欲说还休地站在音乐老师身后，说不清喜悦还是惆怅。那年他十二岁，小学五年级。新学期开始，钟泽回家后不是一声不响闷头写作业，而是先到里屋的穿衣镜前看一眼自己，好像要确定下自己白天在学校到底是什么样子。妈妈问新学期有什么新变化，他轻描淡写地说换了个很漂亮的音乐老师。新音乐老师刚从师范毕业，总是一身时髦的牛仔装，配着清爽的马尾辫。钟泽妈妈说去学校开家长会时，碰到过那个老师，确实年轻漂亮，有音符一样简单却活跃的气息。钟泽本来十分厌烦音乐课，觉得几十个男女整齐划一地唱幼儿歌曲很是滑稽，他总是偷工减料、出工不出力，在发出声音的集体里装模作样地跟着张嘴比画着。新老师一来，他一改非暴力不合作的姿态，奋不顾身地唱了起来，还刻苦恶补学会了五线谱，虽然那是小学三年级就该学会的。总之，是新学期新气象，钟泽同学爱屋及乌地爱上了音乐课。他甚至觉得每周一次的课程安排得太少了，总是翘首企盼。那时候，全学校只有几台风琴，放在音乐室，上音乐课的班级要在课前派男同学去抬琴，上完课再抬回去，以保证其他班使用。以前，钟泽很不喜欢干这种活，几个人架着个好像简易仿冒钢琴的丑陋东西，劲儿总是使不到一块。这回不同了，一想到要抬的东西将被音乐老师的手触摸，就激动得浑身是劲，好像自己终于可以为她做点什么了。

江小诺觉得那是清新而动人的，情窦初开的钟泽悄悄关注着老师的一举一动，是波澜不惊，也是排山倒海，什么也没有说，却想了万水千山。她想起那个叫《记忆中的风琴》的韩国电影，轻快幽默，偶尔忧伤，把少女对年轻老师笨拙真挚的暗恋拍得干净明亮。钟泽竟然也有段这样不思量自难忘的明媚往事。许多年前的音乐课，尚未发育成熟的少年，随着琴声歌声浮想联翩，腼腆羞涩地单恋老师，真文艺。

后来小学毕业，难以自持的暗恋不了了之，钟泽换了新书包新学校，藏起悸动继续求学。那位承载着他最初浪漫情怀的魅力音乐老师，可能对此一无所知，也许她一直在那所小学弹着琴唱着歌，送走一届届学生，也送走自己最具风韵的韶光，她现在应该人过中年不再年轻了。想着想着，江小诺竟然有些悲伤，她不想音乐老师春夕衰老，她该像一块不会融化的薄荷糖，甜美中散发着阵阵清凉，永远活泼晴朗，永远在水一方。这是春夕故事里她最中意的版本，如果那音乐老师是春夕的话。钟泽妈妈不记得她的名字了，她的线索在名字那里断掉了，只留下姓氏——岳。钟泽妈妈说，他总是自以为不动声色地提起她——岳老师。

岳春夕，但愿岳老师就是吧，那个挥之不去的弹琴唱歌的优美身影，但愿是春夕吧。小男孩对成熟女人颤颤巍巍的痴恋，有几分古典，有几分酸涩，江小诺是喜欢的。她宁愿钟泽守着这个香味缭绕的往事永不忘却，也不愿春夕是忽然杳无音讯的女邻居或者傍了台湾大款的大学女友。那种带着现实残酷意味的风筝往往飞不远，在无数电影、电视剧里都无巧不成书地回头是岸。曾经背叛的女人恬睡在往事的被窝里，说不准什么时候就一跃而起，而男人总是记吃不记打地习惯性心软，以为找回了曾经扫地的尊严。倒是看似刻骨铭心的暗恋，其实没有真正的牵扯、较量，总是续不上前缘。因为过于珍贵，所以小心翼翼，纵使再相逢，千言万语如鲠，在喉沉淀在心间。

如同徐子清与蕊妮的版本一样，钟泽妈妈的版本亦有着值得怀疑的漏洞，单是她邋遢的记忆力和这么言之凿凿的故事就非常不匹配。一个永远不记得她上个月看过相册的退休老妇人，真拿得准这暗恋故事来自钟泽而不是张冠李戴吗？又或者，她真是大智若愚，干脆就洞穿了江小诺的狐疑，生编硬造了个前尘往事成云烟，以堵截她继续探究的目光。江小诺更倾向后一种可能，逐渐的成长让她越来越相信，姜还是老的辣。忘了是哪个韩剧里的台词，“看起来像捷径的路，往往就是陷阱”。信口开河总是显得比守口如瓶善意。钟泽妈妈看似没心没肺的爆料，可能是老谋深算的对症下药，关键时刻，给她一颗定心丸，让她别纠缠地挖掘下去。到底是钟泽的亲妈！

可以去钟泽的小学调查一番，资深录音师江小诺想弄张记者证并不难，兴许可以飞扬跋扈地翻遍他们全校的档案。可到底还是要知点深浅，别人的门再虚掩着，也不该贸然径直闯入。还是算了吧，已经够无聊了，再行动能力过强地把钟泽的过去翻个底朝天，江小诺自己都瞧不起自己了。

十

好像看到了鼻子上的黑头，不挤出来就不甘心。江小诺一边觉得自己的打探追索不健康，一边继续兴致勃勃。对春夕的研究成了她生活里一个孜孜不倦的课题，没有经费也没有助理，她一个人深一脚，浅一脚，一本正经地走在通向过去的小径里，一门心思地想要查出春夕的出身。徐子清、蕊妮、钟泽妈妈，三个合情合理的版本，迟、柳、傅、岳，四个风格各异的春夕。都像是信口雌黄，没有一个没破绽。条条大路通罗马，并且走来走去，发现还不止一个罗马。山重水复疑无路，柳暗花明一村又一村，不知到底是哪一村。面对这个根不唯一的多解方程，江小诺一头雾水，仿佛云中漫步。

春夕简直是太阳，闪耀在无限的远方，却每天如约升起，永不消失地普照着钟泽的生活。江小诺鼓励自己做新时期的后羿，就算她真是太阳也把她射下来。过去的必须过去，拖泥带水多无趣！有多少恩怨情仇，那也是一去不复返的往昔了，既然现在我江小诺掌了权，前任班子就得痛快地卷铺盖走人。以前的痕迹都拆掉，把回忆点着，让往事灰飞烟灭，春梦随人散。钟泽必须尽快逃离初恋这个人生大俗套。

小题大做带来的乐趣其实挺过瘾，把春夕拿出来想一想已经成了江小诺新开发的爱好。如同钟泽妈妈每周必看“同一首歌”，春夕成了江小诺的“同一首歌”。春夕像《瑞典女王》结尾时嘉宝的凝望一样，总能发掘出新内容，又不那么具体。她可能是女邻居、大学女友、小学音乐老师，也可能是江小诺一生也猜不到的什么人。也许是英姿飒爽的运动女孩，也许是弱柳扶风的娇弱师妹，甚至可能是学校近旁商场里卖糕点的年轻售货员、轻佻女郎、端庄少妇，随便什么身份，只要有一秒的风情，就有机会拨动钟泽的心弦。江小诺到网上搜索，以“春夕”二字为关键词，绝大部分条目来自崔涂的诗。那首据说是写羁旅生涯的诗显然与一个现代女子风马牛不相及。她又在谷歌、百度上绞尽脑汁变换搜索词，找到了无数寻人网站，发现类似初恋情人再聚首的站点很受欢迎。现代社会手段太发达了，想和谁失散还真不是件容易的事情，以为躲到了天涯海角却相遇在下一个转弯。当初一拍两散各奔东西的男女，饱尝生活艰辛之后就好了伤疤忘了疼，忍不住回望迷雾的远方，重温童真的山盟海誓，以为“我还是原来的我”。于是，表面继续朝前走，心里老寻思着掉转马头，再嚼嚼当年第一口青草。初恋是最低成本、最打动人的合谋，我们分开，不再相见，用一生来反省、怀恋、歉疚、遗憾，偷偷惦念。时光越久，初恋情人就越像打完先遣就立刻撤退的精锐部队，后续部队的任何小小失误都更衬托了它的精干辉煌。“身经百劫也在心间，恩义两难断”，因为不见，所以不散。

越是搜，江小诺就越不安，她简直觉得全世界人民都对初恋恋恋不舍一步三回头。她恨自己的初恋太仓促慌张，随时可以见到明晃晃的徐子清，没一点甜蜜伤感小秘密。来世重新做人时，必得认真初恋才算没有白活，才对得起自己。

江小诺又在QQ上查找，以“春夕”为网名的一共有九个。他们来自江西、北京、湖北、黑龙江……贯穿大江南北。当然，这里边的位置或许与现实有出入。她随便点了几个，看了看他们的资料，这些与她生活毫无交集的人，个人说明里都写着匪夷所思的话语：“上帝欲使人灭亡，必先使其疯狂；上帝欲使人疯狂，必先使其买房。”“子在川上曰：船呢？”“新品上架，期待您的光临。”房奴、小愤青、网铺店主……形形色色的春夕与江小诺的想象相去甚远。她看着那些花哨的资料，丝毫也不想与任何一个交谈，冷眼看人声鼎沸，众声喧哗，忽觉无话可说无声无息。

明察暗访，道听途说，侦探般处心积虑地调查过后，还真是收获颇丰。春夕像俄罗斯套娃，一层套着一层，貌似滴水不漏，却引着人层层剥茧。从现实到网络，一个春夕，搞出姹紫嫣红一片，乱花渐欲迷人眼。江小诺，鬼迷了心窍。

十一

周末，江小诺盘腿坐在沙发上边吃杏仁边看电视，钟泽在厨房刷碗。白天两人相亲相爱地去了钟泽家，钟泽妈妈又以过来人的口吻提醒俩人：老大不小了，是时候收收心了，结婚也不耽误谈恋爱，该提上日程仔细考虑了。

“小诺，我妈今天又说结婚的事了，上个月你爸也说来着。”钟泽在洗洗涮涮中朝屋里喊话。近两个月，他似乎是忽然动了结婚的念头，俩人平时绝少提及的结婚话题一下子成了他的高频词汇。恐怕是扛不住爹妈的催促了。

“岁数大的都那样，好像不结婚就不是人似的。”

“你说人家女孩到了岁数都恨嫁，你倒是

不急。”

“我急什么呀，我没那么自暴自弃，还不想埋头苦干。婚姻生活一过就是几十年，当一天和尚就得撞一天钟，我扎进去之前，先多吸点新鲜空气！这也是对你负责！”

“好家伙，你真当婚姻是坟墓呢！”

“别说了，别说了，广告完了，开始了。”江小诺慌忙打断了钟泽的规劝教育，按着遥控器调大了声音。

《血色浪漫》在广告后继续上演。周晓白、秦岭两个女人故作姿态地坐在茶楼里，两人都端着襟怀宽广、心胸开阔的淑女架势，不咸不淡地亲切交谈。谈论着那个美梦一样难忘却抓不住的男人，谁也不气势汹汹，一个赛一个地超然淡定。那种庄严的神态，真像两个国母。江小诺心想，自己还是修炼得不够，对着情敌最友好的态度也不过是沉默吧，不歇斯底里已经算是有涵养了。如若是春夕坐在自己对面，保不齐会给她下两颗巴豆，丢两个暗器。

结果大概是想得太多，那晚，江小诺梦见春夕了。一个面容模糊的女子坐在她对面，没有自我介绍，没有出字幕，但梦里的江小诺知道那女人就是春夕。春夕像钢笔画一样缄默，似有似无地坐着，表情古怪，缺乏语言。江小诺也安静地坐了一阵子，她心里翻江倒海，想着这个隐姓不埋名的女子是如何轻易地打乱了她的恋爱节奏。她忽然生气了，面红耳赤，委屈地发泄，泼妇般地指着春夕的鼻子叫骂。这么多年过去了，你有什么理由回来！在他钱包里留下钢笔画，简直是为了坑害我故意留下的线索！春夕，无论你姓什么，我恨你！

“小诺，小诺，醒醒！”钟泽关心地摇醒在梦中斗气的小诺。

“……”江小诺发出含混的哼哼，半睁开眼。

“你做梦了，嘴里一直叨咕。”

“我知道。”江小诺猛地清醒过来，残留着梦里对春夕的愤怒。

“你一直说什么春一春一，什么意思啊？”在台灯微弱的黄色光线钟泽的双眼下闪烁着关心和不解。

“我，我也不记得了，被你一摇我就忘了。”江小诺想不到自己竟然一直把那名字咬在嘴里。

“是噩梦吧，别怕，有我呢。”钟泽把头贴江小诺额头上，像个温柔的爸爸。

“没事，我正要反扑呢，被你打断了。”

几分钟后，钟泽重新陷入均匀的睡眠呼吸，江小诺的困意却被那梦给劈成了两半，无法修复。她用食指玩着自己头发，又思绪万千了。

刚才钟泽说的“春一春一”，是没反应过来还是故意装傻？这家伙到底是太迟钝还是太高深？按说，他不至于没听清是“春夕”两个字啊，给出这么与己无关的反应，还真让江小诺意外。她从未提起过那个敏感的名字，仿佛那是一颗手榴弹，一旦丢出去，不是血肉横飞也得尘土飞扬。没想到，钟泽竟然四两拨千斤，用谐音打了个马虎眼，仿佛那张泛黄的钢笔画是不存在的。

江小诺忽然受了启发，她决定放开春夕，也放自己一马。几个月了，自己天天揣测春夕的音容笑貌，捕风捉影地丰满她的背景，吴刚伐桂般不辞辛劳地做着无用功。是猎奇？是畏惧？江小诺自己也说不准，怎么就走上了寻访她的长征。

无论他们是恩断义绝还是心魂相守，不管之前的故事是多宏大的叙事还是多香艳的野史，那一页已经翻过去。春夕再厉害，她的王朝也已经覆灭了。甭管现在登基的是世袭贵族还是起义农民，反正天下在手，甭管钟泽是不是前朝忠民，他还是要识时务地活在新时期。不论他是装傻充愣还是麻木愚钝，至少归顺的态度是明确的。他惦记春夕——不敢表现；他忘记了——那更好了。计算器已经清零，上次的计算结果无从查证，冥思苦想只是给自己添堵。说不定，春夕对钟泽不过是个符号，不小心留在钱夹里，只是舍不得年轻的一段时光。岁月匆匆，多年后再相见，物是人非的已认不出来，只剩一地失望。还是不要再刨根问底斩草除根了，该施仁政施仁政，该装糊涂装糊涂，何苦对一切洞若明烛。退一步说，你有再多梦，也架不住我让天光大亮。击垮春夕的最好办法，就是彻底把钟泽收编。再怀念那也是形而上的，只有妻子才是男人生命中名正言顺共同的部分。从正牌女友变首席娘子，给他一个好归宿，用时间告诉他，过往的一切都是误入歧途。把未来折腾得精彩丰腴了，过去自然就暗淡干瘪了。你春夕是谜面，我江小诺才是最后的谜底。你山盟虽在，我也让你锦书难托！

何况，把春夕查个水落石出对自己又有什么好处？打一开始她也只是想掌握，并不是想揭穿什么。知道不知道，对她和钟泽的关系大方向上不会有什么影响。江小诺觉得，自己太专注地拽着春夕不放，忽略了眼前弥漫的万事俱备的讯号，恋爱九十九步，该跨上那级更加风雨同舟的台阶了。结婚，钟泽再提，就顺水推舟地答应吧。反正又不是看破红尘，也早就认定迟早要嫁给他，老拖着没什么意义。

如果再动了卑鄙小念头又琢磨春夕呢？江小诺了解自己的翻来覆去。没必要一下子掏空什么，蚕食也挺有乐趣。慢慢来吧，结婚了更方便调查。以老婆的身份说话更理直气壮，到时候也可以像蕊妮一样，动不动暴跳如雷放火烧山。如果钟泽一辈子心里装着春夕，又一辈子没有说，那他是个好演员，憋屈的是他自己。如果他实在忍不住了，和盘托出，人到中年疯狂一把去追求遗失的美好，那就随他去。好歹也算帮我江小诺解了一个谜破了一个悬案，左右不吃亏。这年月跟谁过能打白头偕老的保票？退一步海阔天空，或许不解恨，但是最精明，互惠互利。

清晨，豁然开朗的江小诺咧开还没刷牙的嘴，着急地冲钟泽笑。亲爱的，我试图偷窃消灭你的昨天，我偷偷向你道歉。她在心里这样说，并且厚颜无耻地觉得自己脸上其实毫无悔改之意的笑容十分真诚。钟泽摆弄着江小诺的刘海，又暗示着人生大事。

“你得求婚啊，我一个粉丝众多的美女，不能随便就点头。”江小诺心想，这下你可撞枪口上了，我正铆足了劲要嫁呢！

"我求。我雪地赤裸跪求！"

"我可记住了，你别说话不算数。"

"最毒不过妇人心！你还真舍得！那多不浪漫啊，我要求也要在春日夕阳下。"

江小诺警觉地晃了下脖子，大脑已经自动在句子里揪出了"春""夕"二字。笑容凝固了两秒，但没有完全冻住。

"行。春日夕阳就春日夕阳，在哪儿求我都答应。"说罢，她进了卫生间，抓起了牙刷。

死命打探换来无可奉告，求婚时却好似暗藏玄机。可是又能怎么样呢？大清早刚睡醒，还是困的，睁一只眼闭一只眼吧！有没有春夕这个人也要过日子吧。在三十岁的男人里找个没过去的不可能吧。没胆量孤独到残年吧，那么，结婚吧。

但行好事，莫问前程。这是一个寻常的、清醒的、定了终身的星期天。

章某某

马小淘

一

“听说章某某被拉走的时候嘴也没停，还在念绕口令……”

“有没有这么夸张？是八百标兵奔北坡，还是哥挎瓜筐过宽沟啊？”

“你说章某某到底怎么想的？”

“是她老公偷人了，还是她疑神疑鬼？”

这是广播学院播音本科毕业十年的聚会，我亲爱的同学们端着红酒杯挺拔而昂扬地讨论着，那端庄优雅的姿态和清晰的吐字归音配上那么大妈范儿的八卦话题颇有一番喜剧效果。

“你不是一直和她有来往吗？总该知道她是怎么循序渐进的吧？”

章某某和我同一宿舍，更具体点说，她住在我上铺。大学报到时，瘦小的她和她瘦小的爸爸曾拐弯抹角地建议我把下铺让给她，我也拐弯抹角地拒绝了。而后她以一种颇具表演性，演技又不大过硬的大方开始和我聊天。就是那种实则扭扭捏捏，却故作姿态的方式，除了她自己以外，别人都会有点不自在。以后的很多年，章某某坚持以这样的方式展开她的社交——自以为落落大方，绝不肯低调，但内里又透着某种不尴不尬的疏离感。她的不自在会像灰尘一样隐隐萦绕着你，唯有她自己毫不知情，还陶醉在自以为是的游刃有余里。

她是春风得意地走进来的，后边跟着同样春风得意的她爸爸，瘦小的父女俩被某种幸福笼罩着。她穿着碎花连衣裙和一双粗跟的凉鞋，略黑的脸上泛着不知道是天热还是油性皮肤的光，一根细长的辫子系着发带，有一种“台北不是我的家，我的家乡没有霓虹灯”的小镇气质。就是那种感觉，厂花、村花以及一切美女稀少的地儿的翘楚，脸上洋溢着略带土气没见过世面的高冷。更刻薄点说，就是在广院的林子里，她算不得什么名贵的鸟，她其实微不足道，只是她自己不知道。

章某某在她的家乡是个名人。据说她十岁时在那个三线城市就小有名气，走在街上还被粉丝认出来过，当然当年似乎还没有粉丝这个词。她六岁在马路上被电视台导演相中，机缘巧合成了儿童节目的小主持人。在那个电视只有八个频道，泱泱大台中央台也不过一个频道的时代，章某某每周三晚六点准时出现在电视里，也算得上掌握了话语权的人物，跟如今上电视的稀松平常不是一个情况。

一直到十二岁，她才告别了少儿节目主持生涯。她本人虽然万分不舍，却不得不拿着编导们送的娃娃、发夹等告别礼物，哭着告别了摄像机。当主持人的感觉太好了，镜头下，说错了话随时重录，剪辑出来的她一个磕巴都不打。少年时的章某某最爱收看自己的节目，虽然内容对她其实毫无悬念，但她迷恋电视里那个完美的自己，漂亮、热情、有爱心、懂礼貌，代表着一切真善美，为全市小朋友的成长尽着绵薄之力，用现在的说法叫作传递正能量。每周三，她都虔诚地守着电视，成了自己最忠实的粉丝。甚至，她也很享受知名主持人身份的附加值，蛋糕店老板认出她，非要多送一块；卖衣服的摊贩主动给她打折；邻里邻居批评孩子时都不忘拿她做榜样来对比；学校里其他班的男生鬼鬼祟祟地偷瞄她……这一切感觉好极了，少年成名是一种甜蜜的滋味。

当然这一切都是和我们熟了之后她自己说的，口述史的客观性多少都会有点欠缺，但谁忆往昔峥嵘岁月稠的时候都会有点夸大其词，刨除一点水分，也依然能体会到章同学少年时的风光。

“于是，我下定决心要成为一个主持人。一个家喻户晓，主持春晚的主持人。”这是章某某讲完自己灿烂的过去加上的总结性收尾。当时我和宿舍里的其他人正在拿勺挖西瓜吃，我们都满脸黑线地住了口，不知该接一句什么话好。

就是说这个童星主持人在六岁开启了自己的职业生涯，并且深感选对了道路，从此孜孜以求再没走过弯路。这笔直的人生因为太简单直接，所以显得有几分荒诞。

但是接触时间长了，又慢慢觉得，你也很难讨厌她。她活在她自己的世界里，那个世界鸟语花香，像小学的思想品德课本一样充满着非黑即白的绝对价值。她从不觉得孤独，甚至面对外部世界的荒芜，她有小小的得意，欣慰地盘点自己的世界多么郁郁葱葱。有同学商量打折季一起去香港买东西，她在看电脑里的历年春晚 DVD。有人说如果抢到特价机票，又买到打折扣的鞋子，那可真是合适死了。她忽然说，你们知道吗？1995 年春晚的开场歌舞是陶金和谢津，后来这两个人全死了，一个是癌症，一个是自杀……有女生谈起了恋爱，她像班主任和家长一样露出恨铁不成钢的神色。问她喜欢什么样的男孩，她说要王子，要长得像雕像一样的王子。每每谈及男人，她都反复强调他们的脸，用当年的说法叫外貌协会，如今的归类是颜控。总之在很多事情上，她都有自己的一套，走到哪里都有种“孔乙己是站着喝酒而穿长衫的唯一的人”的特立独行般的效果。

二

“她被拉走的时候叫什么？章熹琬？章晅姝？还是别的乱七八糟的什么？”同学们又开始了关于章某某的七嘴八舌。

这便是那个人一直被称为章某某的理由。她入学的时候叫作章海妍，大家都海妍海妍地喊她，也有男生用琼瑶的小说开玩笑故意叫她章含烟。就这样章海妍了一年，她突然郑重宣布自己更名为章艺囡，如果遇到哪个不开眼的还叫她章海妍，她会一脸颜色地纠正，为了方便记忆，她还印制了名片。粉红色的小卡片上三个宋体字：章艺囡。再后来，宿舍里还有一盒没发完的名片，她就改名为章熹琬还是章晅姝了，总之她的名字越改越复杂，笔画多，读音吊诡成了她追求的方向。我曾经打趣，等她真当上了春晚主持人，给人签名就可以把自己累个半死了，谁叫她名字笔画那么多呢。可是，真会有章熹琬或者章晅姝之类名字的主持人吗？这也太不喜闻乐见，太费脑子，太不适合过年的气氛了。好像还有章澜黛、章毓娜，其中那个章毓娜还颇有讲究，她说她取袅娜的娜，所以那个字在她的名字里念“挪”，而绝不是“那”。

我忘记了是其中哪个名字，还是大师给取的。她自从上了改名的瘾，就沉浸在一种没有最好只有更好的欲罢不能里，每一个名字都只能让她满意一段时间。甚至，有一次她在西街买水果丢了手机，回来干的第一件事竟然是翻字典。

有相当一段时间，她纠缠在不同的名字里，仿佛无奈地一次次放弃失败的自己。每隔几个月，我们全班同学都会收到她群发的短信：即日起本人正式更名为章 XX……这看起来像小广告的通知已经成了我们生活里的一部分乐趣。一开始，还有人给她起了章子怡、樟茶鸭、障眼法一类外号，后来看她一门心思在改名的道路上闪转腾挪，也干脆作罢。给人起外号的速度还没人自己改名的速度快呢，外号又有什么意思呢！后来忘记了是谁开始称呼她章某某，反正她后两个字也是随时替换待定的，章某某才是一言以蔽之的真合适。一开始，她还有点不高兴，不过想想自己动辄严肃地更名确实把大家改晕了，也就听之任之了。一直到大四，她狡兔三窟的名字逐渐被大家遗忘，同学们都亲切地称呼她为章某某。有时候我突然心情好想讨她欢心叫她名字，却又总是想不起她当下正用着哪个，又不能顶着雷上非招呼她的身份证，也只好叫她亲爱的，如果不是亲爱的，也只能是章某某了。

三

其实，不断地改名说明着章某某心态的变化。那不断启用、失效、上岗、下课的新名字像章某某零落的信心一样，越来越短命。

她当初是意气风发来的，她甚至觉得时不我待，四年毕业，顺理成章她就会变成春晚的一颗新星。然而开学的第一个朗诵会，她就有点蒙。钟丽竟然是当年一部火爆儿童剧里小公主的配音，邵岩曾经在全国朗诵比赛拿过名次……那些陌生的同龄人强大而好看，将和她一起参与未来的竞争。

从此以后的章某某绷紧了弦，好像一直逆水行舟。周末，我们在屋里睡懒觉或者逛商场，她去自习室，背英语，看学报。下课后，我们窝在宿舍看电视，打游戏，她报了个德语班要学第二外语。她总露出一种兵荒马乱的神色，仿佛随时准备迎接最苛刻的面试，那种时刻准备自我实现的劲头，像一个来日无多的将军，渴望一个证明。有一次课堂上有人朗诵那首郑板桥的《竹石》：“咬定青山不放松，立根原在破岩中。千磨万击还坚劲，任尔东西南北风。”几个同学不约而同地扭头看她，那种夹缝中偏要欣欣向荣的坚韧，确实让人第一时间联想到她。某一个阴天，宿舍只有我们俩，她疑似试图交流又疑似自言自语地说：“人在荣誉面前最容易自我迷失，只有面对新的挑战时才最清醒。我曾经得到无数荣耀，没有资格谈委屈。”窗外乌云密布，房间没有开灯，幽暗的光线里我望着她深沉的侧脸，静默了。这种像名人访谈录、心灵鸡汤的话，她还说过很多，我当然是接不上的。也没有无数荣耀，也没有委屈，麻木的我无法体会这种动辄迷失动辄挑战的波澜壮阔的人生。

但是一分耕耘一分收获这种话其实只是大方向的正确，世界要是公平到谁复习最刻苦谁就考第一，谁最善良谁就当总理恐怕也没意思。章某某在学期末的成绩单上表现平平，望着排在她前边的那么多家伙，一脸既生瑜何生那么多亮的不甘。其实大学里的学习氛围并没有那么浓厚，绝大多数人都及格就好地松懈着，唯有她一副用力过猛的激进模样。她说她甚至有种没脸回家过寒假的感觉，不想让父母突然接受一个不那么优秀的她。我想不起来我当时是怎么劝慰她的，只记得自己成绩明明比她要差。

章某某从挫败感中焕发的勇气在峰值持续了一段时间，而后在“皇天负了苦心人”的怨怼中委顿下来，而终于跌到谷底，是因为一次面试。

大学时经常有节目组到我们学校挑兼职主持人，有兴趣的都可以去面试。大家都是有一搭无一搭的晃荡去，有枣没枣打三竿，唯有章某某每每志在必得地慷慨前往，并且还不是以钱为目的。她说这些积累终会发挥作用，小的机会抓不住，大的机会来了必然措手不及。

可是机会有时就是给符合条件的人准备的，不是永远属于所谓有准备的人。当时大家起哄都坐在面试的教室里，章某某昂着脖子和制片人滔滔不绝介绍自己的简历。制片人只淡淡扫了她一眼，“同学，我们这个是时尚节目，需要一个风格比较洋气的主持人”。

章某某话没说完，嘴还半张着僵在那儿，她当然懂了，那冷淡的不耐烦的言简意赅如一阵大浪把她拍傻在原地。

“土鳖。”人群中传来一个男生的讥诮，声音小到隐隐约约，却是那种你还是能听到的隐隐约约。

面试之后的夜晚，章某某叽叽歪歪地问，“我真的土吗？”

宿舍里的气氛一直挺融洽，一开始我们虽然觉得章某某有点格格不入，慢慢就发觉她其实非常单纯。那种纯情和刚毅融汇出的古怪，虽然不那么讨喜，但其实非常无害。甚至她的迷茫、痛苦、进取都那么单调，有一种让人怜惜的笨拙。对于女孩来说，她真是毫无侵犯性，又十分纯良。

“这个问题不是自取其辱吗？难道你觉得自己很洋气？”

“是呀，上高中的时候大家都觉得我很时髦啊，同学都说我很港！”章某某不信邪。

“港？香港啊？你去过香港吗？我看你顶多也就是连云港吧！”

“你们真讨厌。”章某某偶尔也撒娇。

我们七嘴八舌议论她的审美，比如像女家庭教师的粗跟鞋，各种颜色浑浊的连衣裙，过大的卫衣，过时的发带。章某某虽然愤愤不平，但她没有淘汰掉这些古板的穿戴，却淘汰掉了自己的名字。

四

她的初恋我也全程旁观。那男生是表演系的才子，请我们宿舍的人吃过一次饭，只是章某某买的单。其实表演系多以皮囊取胜，能和才子有什么关系呢，那家伙无非就是会弹几下吉他，又长了个净高一米八五的好身板，这年头好看的男人哪怕能从一数到一百，也会有人把巴掌拍红，感慨这尤物竟然还如此智慧！

章某某就是那个把巴掌拍红的花痴女。她偶然被叫去帮表演系的短片作业配音，一眼就相中了那镜头里的两条长腿。一直号称要嫁给王子的鸡血章某某，竟骤然被一个高考三百多分的家伙迷晕。长腿男显然是恋爱高手，大抵一瞥就发觉了章姑娘的小鹿撞怀，于是火速半推半就地将两人的关系发展到暧昧阶段。

那时正叫着章艺囡的章某某彻底改变了生活重心。德语班被彻底放弃，理论书也闲置了许久，她像校园里任何一个恋爱的女学生一样，满脸温煦的笑容，徘徊在表演系排练室门口。素来省吃俭用认为买衣服都是浪费的她，为他九百元一件的夹克刷了卡；深信知识改变命运的她，竟窃喜德语课的钱省下来正好可以请他吃饭；她一改不吃早饭直接上课的恶习，坚持在食堂为他打包早点；他论文来不及写，她跑图书馆查资料苦读之后亲自捉刀；他咳嗽两声，她立马买来一条昂贵的围巾……你很难想象一直以来都隐秘骄傲的章某某竟然自如地低到尘埃里，也难以预料她原来可以如此周到而庸俗，并不像其他事情上的与众不同。她好像真的找了一个王子，但自己扮演的却不是公主，而是一个欢天喜地的奴仆。

有同学当年就是撞见了风驰电掣飞奔买药的她，才一直觉得她是一朵奇葩。她说她完全不能理解怎么会有人以奔丧的架势对待发烧，即使天黑了，即使男朋友得的是癌症，也该穿上内衣，换上能见人的衣服出门吧。我也不能理解，为什么长腿男发个烧，她就要穿着暴露的睡衣冲出寝室，砸药店的门，打车送药，而后筋疲力尽回到宿舍，彻夜难眠，留下担忧的泪水。这一切太戏剧了，而且像男主角为女主角做的。他们的角色颠倒了，千斤的重担章某某一肩挑了。

长腿男康复后没多久，就领着正牌女友招摇过市了。如果不知道章某某凄楚的付出，仅从画面上看，新女友的颜，的确甩了章某某几条街，两人的形象也的确符合糟糠之妻和狐媚小三的角色定位。只是想着章某某几乎把自己榨干的奉献，我们也都同仇敌忾谴责长腿男的禽兽行径。章某某自然是大受打击，据说她很克制地询问长腿男与新女友的关系。长腿男连敷衍和狡辩都没有，斩钉截铁说那是他女朋友。

“他说她才是花，我本来就是草。”

章某某号啕着回到宿舍时嘴里念叨着这句。那天她的哭声歇斯底里，以至于隔壁宿舍以为我们房间发生了不共戴天的群殴，做了再继续几分钟就来劝架的打算。我第一次看到昂扬、自律、要主持春晚的章某某如此放纵，她撒泼打滚的哭叫让我目瞪口呆。而后，更刺激的来了，她干号着栽倒了，没了任何声息。宿舍里余下的三个人全傻了，大概几秒钟的犹疑，我们才反应过来要抢救伤员。于是她被抬上我的床，又是掐人中又是捏虎口，又是拍脸又是喊叫的，她终于缓缓睁开了双眼。那场面太新鲜了，我之前或者之后都没见到谁在我面前晕倒过。小说、电视剧里动辄扑地的场景，只发生了那么一次，主角还是仿佛永远在战斗的章某某。她虚弱地醒来，挤出一个吃力的笑。

“麻烦帮我保密。”

从此，她又变成了原来的她，上自习，背英语，看书，做题。

我们对隔壁宿舍的解释是，那天心情太好，于是把影碟机开到了最大声。没有吵架，也没有人哭，一切都是电影，电影里总有伤心的女人和凉薄的分离。

五

大学最后两年，她逐渐收了锋芒。不断的努力让她的综合成绩越来越靠前，但依然没有成为计划中的佼佼者。四年大学之于她，原本是圆梦之旅，读着读着却变成了梦醒时分，她好像一点点从梦中醒来，发现了梦想的遥不可及。后来她就不再看春晚的 DVD 了，也不那么焦虑地一定要掌握一门第二外语，甚至她也收敛了自己外交辞令式的语言方式，变得有点寡言。不过，这并不意味着消沉，她只是微调了自己的轨道，依然执着地向远方奋进着。她研究了很多知名主持人的自传，在当年主持人出书热的大潮中扮演着买方市场中嗷嗷待哺的忠诚读者。

“死学书本是没用的，要多出去见世面才能占尽先机。很多主持人都是上学时就把路铺好了。实习，表现优良，而后水到渠成地留在栏目组，而后大展宏图。”章某某如是说。

“那你是要到春晚实习吗？干两年才参与两次节目。”我后来特别喜欢跟她抬杠，和严肃的人胡扯比和不着调的人胡扯有效果。

“不要总提春晚了。春晚主持人平时都是有常规栏目做的。”

章某某就这样沿着诸多知名主持人的足迹，走向了实习道路。她觉得自己站在了巨人肩上，很快就能看到蓝天白云和远处的群山与汪洋。

被传统的大妈逻辑洗脑，她认为吃苦受累都是成功必然的代价，不吃得苦中苦，哪做得了人上人。做不了棚景主持做外景主持，做不了外景主持做记者，做记者也不行，做什么都行。在我们打工都是为了赚钱的时候，她以一种高屋建瓴的姿态在各种杂乱的栏目组、剧组、配音间、活动现场汲取着营养。据说，她主持过超市开业，推介过新款手机，录过性知识科普宣传片，扮演过电视剧里的路人甲，甚至参加过历史剧选秀，千里之行始于足下，她小碎步迈得一切尽在掌握。

有一次她偷偷告诉我，她拍了一个平面广告，海报被立在东四一个大楼顶上，她每每经过都有一种要被人认出的紧张。后来我跟她一起去看了那海报，我当时的样子用卡通片来描述才最准确——翻着白眼，一脸黑线。

她完全不必有被认出来的担忧，即使和她上下铺睡了几年，即使她已经告诉我画面里那个人是她，我还是没法认出她。海报倒是巨幅的，当红小生身着宝蓝色羽绒服，头发被风吹起，一副哥英俊潇洒、哥一点不冷的享受模样。小生背后，有两个被虚化了的背景人物，滑雪场装备，因为近大远小看不出真正的高矮胖瘦，整个脸被棉帽子和护目镜遮蔽，甚至很难判断是男是女。别说那是章某某，就算告诉我那是吴彦祖和王宝强，我也看不出有什么违和。那完全就是两个被挡住脸的人偶，哪还有什么属于章某某的子丑寅卯。我心里涌起悲伤，又冒出些鄙夷。她是怎么做到的，像潮水一样，不管怎么落下，还会再涨起?

六

毕业十年，我和章某某大概单独吃过四次饭。

第一次她又经历了一次先意乱情迷后冷峻残酷的“恋上美少年”。对方是他参与的一档健康栏目的年轻摄像，比她小三岁，还在读书。恋情轨迹和上一次长腿男之恋如出一辙，无非章某某飞蛾扑火，摄像弟弟三心二意，最后所托非人，罄竹难书。

“说好了一起上山看风景。怎么能把人家一个人留在半路兀自逃跑，让我在半山腰如何自处啊！我一开始简直想嫁给他，现在看真是痴心错付。这是一段指向婚姻的爱情吗？这太像一段回忆了，什么狗血桥段都有了，我已弹尽粮绝，无力再战。”

“你不这么说话会死吗？”

第二次，她正犹豫要不要放弃和一个法国官僚子弟的甜蜜关系。

那是周六，我从被窝里被她忧心忡忡地叫起。像上学的时候一样，她总是在周末宣讲“一日之计在于晨”的无聊理论，敦促我别养成泡被窝的恶习。

九点钟，我和她坐在餐厅临窗的位置，点了两份周末特供早午餐。没有什么比这更辛酸了，九点就吃早午餐，这么早，干脆就是早餐嘛!

窗外的树枝上不知是组团还是散客的小鸟啁啾鸣啭，多动症一般扑棱棱扎向清早没有几朵云的天空。

“非常高兴今天又和我大学最好的朋友一起吃早餐，感谢主让我们重逢，感谢主赐我们食物与水，阿门。”章某某双眼紧闭双手握拳，旁若无人地陈词一番。

餐前祷告的戏码初次上演，我有几分突如其来的不适。信仰当然要得到绝对地尊重，只是我一时没转过弯，热衷批八字、改名字的章某某怎么又信了新的主。她如今真是已经兼容并蓄古今中外了。

再说那句“感谢主让我们重逢”也太睁眼说瞎话了，明明我们谁都没换电话，在同一所城市游荡，谁想和谁重逢还不是约一下就好。就像这个我没睡醒她在祷告的早晨，哪里是主让我们重逢的，明明是她打电话把我叫醒的，和主有什么关系？

“我现在信主了。这种内心的安宁，前二十几年从来不曾拥有。”章某某有点语重心长的意思。

“是主让你今天找我的？”我在她亲切而友好的话语中，吃完了煎蛋。

“是的，我这几天非常煎熬，今天忽然想到你，也许你旁观者清，可以帮我走出迷惘。”

“你又被甩了？”

“不是，我男朋友的爷爷曾经是法国的一个部长。”

“哈哈，你终于想开了，也知道划拉名门之后了。”

“你不要这么庸俗好吗？法国哪讲什么官二代那一套，他没钱，甚至可以算是贫穷，为了梦想，在中国飘荡。我被他吸引，当然是因为……”

“他长得好。”这个题目太简单了，我必须抢答。

“大概就是这个意思。”

“然后呢？你煎熬什么？”

“他……最近他……提出那种要求。”章某某面露羞涩，吞吞吐吐，好像很多限制级的画面在自动脑补。

“滚床单！”

“你小点声。”她把食指放在嘴唇边，一副小心翼翼的难以启齿。

“这有什么好煎熬的。看你自己呗，有兴趣就从了，没兴趣就算了呗。你又不是十四岁，有必要装未成年少女吗？”

“你不知道。我不能堕落。别说我爸，就是我自己也不能接受堕落。我爸说没有一个男人会珍惜不是一张白纸的女人，我不确定我会跟他结婚，所以没法说服自己和他上床。但是他不能理解为什么一个女人爱他却不肯和他一起睡觉。这种感觉非常糟糕，你爱的人思维和你不在一条线上。”

“亲爱的，你确定在地球范围内，有人可能跟你在一条线上吗？或者说，你真的曾经遇到过谁，顺利地跟上了你的思路？”

“你啊。我觉得你还挺懂我的。”

我当时差点倒地而亡，原来章某某心中的世界上另一个她，竟然是我。

第三次，大概是前年，也就是说，在同一座城市，我们已经三年未见。

焕然一新的章某某坐在我对面。头发是披散的波浪，指甲上是浅色的彩绘，衣服优雅中透着知性。她递给我一张请帖，请帖上的名字是她身份证的名字——章海妍。

“做我的伴娘吧。”

“你要结婚了？和谁？”

“有钱人。靠谱吧？”

我不戴眼镜，不然真会大跌一把来表示我的吃惊。在章某某过去的价值观里，嫁给有钱人简直是一种罪恶。唯有爱情和美男子才是她刁钻的情趣，而钱财、地位、房子、车子根本不值一提。她竟然要和所谓有钱人结婚，还用了靠谱这个词。

“我这样的笨蛋，不找个有钱人，难道要连滚带爬独自走完整个人生吗？你知道毕业五年多我换了多少工作？我录过彩铃，剪过片子，最热的天跑别人不愿意跑的采访，又怎么样呢？还是连个主持人也当不上！勤学苦练，天道酬勤，我信了快三十年，再信就信死了！你大学天天吃饭睡觉打豆豆，我唱念做打快累成狗，然后呢？你生在北京，天生就带着户口，我还不是什么也没有，住在出租房里，当北漂。王浅羽四级都差点没过，她爸爸来了一趟北京不就解决了户口；姚燕业务那么差，不就是长得好，照样天天出镜，月月曝光。我怎么办？一辈子卧薪尝胆吗？没有好爹，也没有好脸，难道就一直那么愚蠢地努力，穿着羽绒服，戴着护目镜站在镜头最远的地方吗？我承认我是野心家，一直对未来期许甚高。我对他们的全部不屑和审判，其实都是我的向往和嫉妒。十多年了，从进学校大门，我就按部就班地规划我的人生，我想稳扎稳打，但是哪怕一个短期的目标也没有实现过。命运把我按到阴沟里，不许我张扬。我必须认命了。没有在早晨一块钱把菠菜卖掉，如今是中午了，还不八毛出手，难道要等到晚上五毛处理掉吗？那个时候别提什么好看不好看，穷不穷，恐怕要求对方未婚都没那么容易了。这是我最后的机会。我不能让家人为我骄傲，总不能让他们替我担忧吧。”

大段的独白声情并茂。这当然是不完全记录，我无法如实再现她当时的神经质，既要敞开心扉，又要捏住最后的尊严，仿佛胸口藏着一座火山，不吐不快的岩浆喷薄着自尊的火焰。那一刻我其实特别感伤。兴冲冲以总结经验的口吻谈教训，即使被狂风吹得踉跄，也会挺直胸膛乐观展望明天的晴朗……我还以为，她永远不会变的。

七

婚礼是章某某亲力亲为张罗的，她先生非常忙，也无法左右她对任何细节的一意孤行，就干脆任由她天马行空。如果钱不是问题，一场豪华的婚礼一般不会出什么问题。章某某鸟枪换炮地奢华起来，一切都要最好的，百合、兰花、白玫瑰，光是满场象征圣洁的白色花卉就斥资二十几万。她说那代表圣洁，只有处女才能这样美好。花门、花球、桌花、装饰花……纯白的花团锦簇，简直丧心病狂。要是哪个花粉过敏患者不幸出席了婚礼，绝对有舍命陪君子彻底报废的可能。

章某某的婚纱是在香港定做的，她还量了我的尺寸，订了伴娘礼服，甚至还给我买了一双3000

块钱的平底鞋。我不知道她先生到底多有钱，可是随便买一双金闪闪的伴娘鞋也要花3000块钱，还真是暴殄天物。

终于，折腾了一圈的章某某，又变回了章海妍，她宛若仙子地嫁给了一个矮个子。矮小的她穿上高跟鞋，就比肩了新郎。她是笑着步上的红毯，脸上全程荡漾着笑，连惯常的热泪盈眶都没有。她瘦小的父亲跟送她报到的时候一样，一副被胜利冲昏头脑的傻乐呵模样。看到只有父亲一人坐在新郎父母的旁边，我才意识到上下铺睡了四年，我从没听章某某提到过妈妈，大抵她早就没有妈妈了。

她邀请的同学不多，大家齐刷刷啧啧地着她真人不露相的挥金如土。那个大学里埋头苦读几乎从不进商场的姑娘，竟然烧钱地办了个婚庆费几十万的婚礼。作为伴娘，我站在她最近的位置，可以看清她穷途末路的空洞笑容。那一刻我明白她不是虚荣，而是她终于有一个扬眉吐气的机会，必须打一个为所欲为的翻身仗。“一个乌烟瘴气的婚礼足以让人一生抬不起头来。”她把抬起头看得太重。只是那白色的花太肃杀了，圣洁是圣洁的，可是有必要那么白，那么白吗？回忆里纯白的画面，摇曳着一股凄凉。

我想起和她最后一次见面，也就是毕业后我们第四次单独吃饭。那是她结婚三年以后，她邀请我去她家喝下午茶。嫁给有钱人的女人都喜欢下午茶，虽然在我的记忆里她总是和这些联系不到一起。

“我现在该叫你什么？海妍？还是章某某？”多年不见总是有点局促，我发自肺腑地不知道到底要怎样称呼才能兼顾准确和亲密。

“Eva，当年那个法国男人给我取的，我挺喜欢，就一直用着呢。或者你还是叫我章某某，大学毕业就没人这么叫过了，当年我多讨厌你们这么叫，现在想想，这名字多适合我，一个面目模糊的人，我其实一直是某某来着。”

“不会是你老公也叫你 Eva 吧？”

“他爱叫我什么就叫什么。”

我们吃着松软的蛋糕，像任何一对多年不见的老友一样，只能从一些无关痛痒的话题开始。客厅落地窗前一对风铃咿咿呀呀迎风吟唱，那毫无规律的脆亮声响，像几只不懂事的鸟，叫得我心烦意乱。窗外的风并不大，但是风铃就是负责叫的，对于多小的风，它也太单薄了。我说得很少，但是感觉很累。那对话像一场准备不充分的采访，随时都会冷场。

她没有说她不快活，只是不论她、她的花草茶，还是她排场的房子都散发着一种向下坠的气息，仿佛一种轻巧又隐秘的力量将和她有关的一切向下拉，让我隐隐感到一种即将失重的不安。要知道那是章某某啊，头上一直有根绳子牵引她不断向上的章某某，竟然就那么坠下来了。

“我从来不看春晚的。每年过年都是我心情最不好的时候，我小时候觉得那一切离我那么近，现在才发现它跟我毫无关系，比天涯还远。”她轻轻抖动着茶包，专注于可有可无的动作。

“你也太秀逗了吧，好歹也是个嫁作商人妇的阔太，三十多的人了，还惦记着上电视的少女梦。”我乐不可支，这样的时刻，会突然觉得当年那个鸡血章同学还在呢。

“商人妇，商人妇就是我原来最鄙视的弱势群体。”

“反正主持了春晚又怎么样？再奔命要的还不是一个好日子，你现在锦衣玉食，不用主持春晚也得到了。你比那些主持人不知道滋润多少倍。”

“这些和我最初的梦想相去甚远……我从来不在乎这些，我要的就是那种奔命，他们连奔命的机会也没给我。”她抬起头，皱着眉望我，右手不停地搓自己的耳朵。

“好了，大姐，别无病呻吟了。”

“没有梦想的人生不是人生。”

“胡扯，没有什么的人生都是人生。和人生比起来，梦想太文艺了。”

“你说我是不是正过着你妈的日子？”她忽然跳动的话题，简直让人生畏。

“啊？”

“你爸应该蛮有钱的吧，你妈嫁给他，就生出个这样的你。我要是能生育，大概也能生出你这样的孩子。有钱人的孩子虽然懒了点，但是性格比较好。”

“我爸没有你老公有钱。”

八

同学聚会的尾声，大屏幕上校歌的MV里处处是当年熟悉的场景，青葱岁月的记忆扑面而来，很多同学都流下了眼泪。

“校园边大路两旁，有一排年轻的白杨……”我眼前浮现出大一的章海妍——已是深秋，她戴着一个遮阳的凉帽，拎着一个破旧的水壶，白杨树下练声的身影孤绝而高傲。她也曾是这校园里年轻的白杨，如今她被连根拔起种在精神病院里。

没有人知道到底发生了什么，这个圈子由于八卦的繁殖率过强，反而很难得知真相。即使她和大家并没有太多来往，即使她嫁人之后辞职在家已经和广播电视拉开了距离。但是她疯了的消息还是从各个渠道传来，有人认识她老公的朋友，有人和她之前的领导有业务往来，她被救护车拉走的消息，像一团火烧向四面八方。有人说她老公出轨了，有人说她不能生育，还有人说她老公对她无可指摘，是她自己疑神疑鬼郁郁寡欢，反正各种八点档家庭剧的桥段都被安在了她身上。他们说她后来失控了，一直在家练声，她反反复复朗诵诗词，呼台号，练习两字词，还在淘宝买了很多话筒。甚至每个传闻都配有具体的练声内容，有人说她反复念叨“三十功名尘与土，八千里路云和月。莫等闲，白了少年头，空悲切”，有人说她一直在说“中央人民广播电台、中央电视台”……

有个同学疯了，这是同学聚会绕不开而且一定会津津乐道的话题。大家都觉得自己特别正常，闲来无事要说一说有谁不正常，并没有谁十分不善良。没有确凿的真相，反正她变成了一个需要治疗的播音狂。她庞大的理想终于撑破了命运的皮囊。

我不想在众人面前提起她，我甚至不敢再去医院探望，我怕她见到我依然无动于衷，目光回到《播音创作基础》课本上。